1972年からの来訪

黒川甚平
KUROKAWA Jinpei

文芸社文庫

目次

第一章　再会　9
第二章　失踪　55
第三章　捜索　103
第四章　孤立　151
第五章　奪還　197
文庫版あとがき　248

人物紹介

〈X大学現代思潮研究会OBメンバー〉

戸崎弘
在学中の事件により左脚が不自由。実の兄は学生運動の活動家で指名手配された過去を持つ。

星俊太郎
中学校教師。教職員組合幹部。X大学現代思潮研究会の中心人物だった。

杉野進
広告代理店のコピーライター。離婚歴あり。中島有里と交際している。

高原良一
今回の避暑に家族同伴で参加した。遅くにできた娘の悦子を溺愛している。

寺山民生
父親が創業した建設会社で社長を務める。別荘や高級車を所有している。

永森真也
ライター。R山荘の管理を一人で任されている。

高原陽子
高原良一の妻。夫より一回り年下。美術大学で絵画を学んだ。

高原悦子
高原良一と陽子の娘。幼稚園児。二年前から発声ができない緘黙《かんもく》を患っている。

中島有里
人材派遣会社勤務。杉野と交際しており、今回の避暑に同行。

岩田清二

X大学現代思潮研究会のメンバーだったが、ある運動に参加して命を落とす。戸崎とは親友だった。

1972年からの来訪

第一章　再　会

一九九二年、晩夏。濃い闇のなかに吸い込まれてゆく光を唯一の頼りに、ワゴン車は険しい山間の林道を懸命に登っていた。

行く手を幾重にも塞《ふさ》ぐおびただしい樹木の群れは、孤独な車に襲いかかるように次々と押し寄せ、闖入者《ちんにゅうしゃ》へ一瞬の怒声を発しては、たちまち暗い森の奥へ去ってゆく。時折、路上に張り出した枝が、前触れのように車体を鞭打って、厭《いや》な音をたてた。

車中の七人は、東京を出発したときの浮かれ気分はとうに失せていた。運転席と助手席には中年にさしかかった男性、二列目には同年輩の男性とその妻、そして学齢前の娘、最後列にはやはり同じ年代の男性と二十代とおぼしき女性が座っている。沈積する疲労と倦怠をそれぞれのやり方で紛らしていた。

「本当にこの道でいいんだろうな」

最後列のシートで脚を組んで揺られている杉野《すぎの》進《すすむ》が、重い空気を払った。

「車中一泊なんて、やだぜ。このあたりは熊も出るからな。目が覚めたら横から、ウガーッ」

「ちょっとやめてよ」

隣に座る中島有里《なかじまゆり》が、半ば本気で杉野の膝を叩いた。

「いてーな。冗談だよ」

「ぜんぜんウケないよ。熊は自分でしょ」

助手席の戸崎弘《とざきひろし》は、たびたび確かめた地図をもう一度広げようとした。それを牽制するかのように、ハンドルを握る星俊太郎《ほししゅんたろう》は「この道しかないはずだ」と断言し、目的地への到着を最も切実に願っている母子を気遣って声をかけた。

「もうすぐだと思うよ。悦子《えつこ》ちゃんは寝ちゃったのかな」

戸崎は斜め後ろを振り返って様子を窺《うかが》った。

「ええ。酔い止めの薬が効いたみたい」

高原陽子《たかはらようこ》は、膝の上で不快な振動に耐えている幼い娘の額に滲む汗を、そっと拭いた。

「もうちょっとだからねぇ。そしたらお布団に寝かせたげるからね」

陽子の隣でうつらうつらしていた高原良一《りょういち》は、妻の声に面をあげ、窓を少し開けた。冷やかな風と、夏草が放つねっとりした匂いが眠気を醒ます。

「ここまで来ると、さすがに涼しいね」

高速、国道、県道と運転しつづけ、そしてこの悪路と格闘している運転者に遠慮して、高原は居眠りを打ち消すべく明瞭な声でいった。その不自然さが、かえって寝ぼけぶりを露《あらわ》にしたが、星は、

「標高千メートルは越えているんじゃないか。冬は閉鎖されるという標識があった」

と応じた。

「舗装もされていないわけだ。熊は絶対いるな」

「ほらみろ」

杉野進はそういって中島有里の膝をつついたが、頬杖をついて外の闇に見入っている有里の横顔は翳《かげ》ったままだった。不規則に揺れる体の動きを追うように、淡色のサマーセーターの下で若い乳房が弾んでいた。杉野は大胆に有里の胸元に手を伸ばし、体の線をなぞるように指先を滑らせた。けれども、彼女は不埒な手には何の関心も示さず、暗い窓を見つづけていた。

「しかし、こんな山奥だとは思わなかったぜ。もっとも夜が明けりゃ、バーッと開けて、いい景色なのかもしれないけど、な」

杉野はわざとらしくいうと前に向き直った。有里は寒そうに腕を組んだ。

前方を照らす光の輪の中を敏捷な影が横切った。獣のようでもあったが、ぬるりとライトを反射した皮膚は爬虫《はちゅう》類のようにも見えた。星俊太郎は反射的にブレーキに

足をかけたものの、ペダルを踏む前にそれは視界から消えた。助手席の戸崎弘は何かいいかけたが、運転者はこともなげにアクセルを踏みつづけるので、口をつぐんで前方を注視した。

また横切った。目らしきものを赤く光らせ、すぐさま闇に溶けた。戸崎はフロントガラスに顔を近づけ確かめようとしたが、視線は暗さのために焦点を結ばない。星はスピードを緩めず、ライトをせわしなく上下するとクラクションを鳴らした。

「どうした」

杉野進は中腰になって身を乗り出した。

「イタチかなにかが跳びだしたんだ」

イタチとは違うと思いながらも、星俊太郎は同乗者に説明した。

「俺はさあ、大イタチって見たことあるぜ」

杉野が前に座る高原良一のシートに手をかけ、耳元で声を低めていった。

「へえ、デカいのか」

「見せ物小屋でさ、世にも不思議な大イタチって看板がかかっていて、中に入ると、大きな板に血が付いている。で、大板血ってわけだ」

「そういうのなら私も知ってる」中島有里も身を乗り出して加わった。半袖のポロシャツを着た杉野の日焼けした腕に、長い髪がふわりと触れた。

「世界一巨大なそら豆っていうんだ。やっぱり板があってさ、真ん中が丸くくり抜かれてて、そこからね、人間のお尻だけブヨンと出てるの」

期待どおりの笑いが車内の苛立ちを和《やわ》らげた。「巨大なそら豆が、ブヨンとねえ」と高原良一は反復して、また笑った。

「そりゃ男か女か」杉野がつづける。

「知らないよう。聞いた話だもん」

「ようし。今夜やってみるか」

有里は、ばーか、と唇を動かした。

海抜ゼロメートルから丸一日をかけて登ってきた長い上り坂も、ようやく最高点に到達したようだった。峠を過ぎてしばらく下ると、突然前方が開けた。とはいえヘッドライトが照らし出すのは数本の木立ばかり、その背後は果てもない漆黒の広がりだった。車は停まった。

ライトを消して暗さに目を馴らすと、稜線がぼんやりと中空に現れた。澄んだ夜空には針先のような星が一面に撒《ま》かれている。木立の先の碧《あお》みがかった黒い広がりは、そこが水面であることを示していた。

「N湖だ」

星俊太郎は思い出したように封書を取り出し、車内灯をつけて中の紙片を開いた。

その手書きの地図には、N湖の西岸の道路から左に折れる道が表示され、行き止まりに〈R山荘〉と記されていた。

「永森《ながもり》が書いてよこした地図では、あの奥のほうらしい」

一同、星が指したあたりを首を伸ばして探ったが、余所《よそ》者を歓迎しない樹木のほか何も見えない。

「本当にこんなところに別荘があるのかよ。あいつ、テントなのに見栄張って山荘なんていってんじゃないの」杉野は再び身を乗り出していった。

「おまえとは違うさ」高原は鼻先で笑った。

「いってくれるじゃないの、良一クン」

「昼間はいいところだよ、きっと。でも、なんで永森は、別荘の管理人なんかやってんだ。星は聞いてるか」

「電話でいったじゃないか」

「え。そういえば、ええと財閥がどうのこうの」

「ゴーストライターの仕事だそうだよ。なんでも、戦後一代で財を成した実業家の伝記を、息子の名前で出版するらしい。で、その執筆の場所を提供するついでに、まあ、管理も頼まれたということだ」

「ふうん。おいしい仕事かも」

有里の羨ましげな口ぶりに、杉野は、真顔でいった。

「へええ。熊が出るっていったら怒ったのは、誰だっけ。これじゃ、熊どころか山姥《やまんば》だって出かねないぜ」

「山姥って、妖怪だっけ？」

「山で迷った人間を喰っちゃう鬼婆だよ」

「それなら、ジェイソンのほうが怖いよ」

「日本では山姥なの」

「あ、そう」

杉野と有里のやりとりに、陽子は眠っている悦子の髪を撫でた。

――三枚の御札があれば、大丈夫よね。

「じゃ、行こうか」

星はゆっくりとギアを入れた。ワゴンはゆるゆると動きはじめた。右側は水際、左手は藪《やぶ》が迫っている。慎重に進めたつもりだったが、路上の障害物を見過ごしたらしく、車体は神経にさわるような悲鳴をあげた。星は舌打ちをしてブレーキを踏んだ。

「ここまで無事に来たのになあ。ま、人生こんなもんだよ」杉野が、ややおどけた調子でいった。

「新車なんだぜ」星は冗談では済まされないといわんばかりに、ため息をついた。

「ちょっと見てくる」

助手席の戸崎弘は、コンソールボックスにあった懐中電灯を手にドアを開けて降りた。歩き出しのときには特にままならぬ左脚を庇《かば》いつつ、屈《かが》み込んで車体の下回りを点検した。

「あいつは、こういう時はホント役に立つよな」杉野が高原にいった。

「ああ。おまえも少し見習ったほうがいいんじゃないか」

「へ。前の女房と同じようなことといってるぜ」

星は無言のまま運転席から降りて煙草に火をつけ、戸崎とともにタイヤや路上を調べた。そして、開けたままのドアから車内に告げた。

「別に異常はないようだ。擦《こす》るようなものはないんだがな」

「枯れ枝かなんか落ちてたんじゃないの」

高原が遅まきながら、首を出して暗がりを覗いた。

「だといいけど。明日の朝、もう一度見てみよう」

戸崎は助手席に戻ってドアを閉めた。

が、運転席のドアは開いたままだ。やや離れたところで、星はまだ煙草を吸っていた。赤い点がこの先の危険を告げるかのように明滅している。

水面から立ち昇る冷気が、煙とともに胸の深いところまで沁み入った。それを吐き出すと、生き物のような白い息は拡がりもせず漂い、なかなか流れない。湖を囲んで連なる尾根が、すぐそこにあった。滑らかな黒い湖面は山腹と密かに結ばれて、対岸辺りにぼうっと映る蒼い色まで、遮《さえぎ》るものは何もない。遮るものがないというのは、なんと爽快なことだろう。決意さえすれば、あとは全力で振り返らずに疾走するだけだ。駆けに駆けつづけて、息切れしたら沈めばいい。

煙草はフィルターの寸前で燃え尽きていた。吸い殻を足元に落とし、運転用の白いデッキシューズで踏み消して運転席に戻った。

「何か見えたの」高原陽子が訊《き》いた。

「いや。何も。向こうからは見えるかもしれないけど」

「向こうって」

陽子の問いに自嘲気味の生返事で答えると、星はドアをゆっくり閉めた。同乗者たちの視線を暗い山翳に貼り付け、ワゴン車はようやく走りだした。

「そう。自分だけ明るいところにいると、暗がりから誰かに見られているような気がしてくるんだよね。私もたまにあるよ」

中島有里がひとり言のようにいった。

危うく見過ごすところだった進入路を折れ、狭くうねったきつい坂を登りきると、半ば朽ちたような案内板がヘッドライトの光に浮かんだ。剥《は》げかかった白いペンキは

〈R山荘〉と読める。ポーチの薄暗い外灯に導かれ、ワゴン車は無遠慮に敷地に侵入して屋根がかかっている玄関前の車寄せに停まった。

　エンジンを切ると、厚い静寂が車を包囲した。誰も車を降りようとしない。

　古びた背の高い木製の扉が二つ並んでいる。上半分には灰緑色の磨《す》りガラスが嵌《は》め込まれ、アール・ヌーボー風の曲がりくねった植物が表面の凹凸で描かれていた。二つの扉の絵柄が左右対称であるところをみると観音開きらしい。内側からの光はない。

「ここでいいんだろ」

　杉野は建物を見回しながら誰にともなくいったが、自分からは動かない。

「R山荘と書いてあった。ここに間違いない。ちょっと呼んでみてくれ」

　星は戸崎にいうと、もう一度、永森から送られた地図を取り出した。

　戸崎は車から降りて扉に近寄ったが、呼び鈴が見当たらない。仕方なく、磨りガラスに向かって「こんばんは」と呼びかけた。応答はない。もう一度呼んで、鈍色《にびいろ》のノブに手をかけようとしたとき、ガラスの奥が明るくなり、物音がした。ややあって、扉が重々しく内側に開いた。

　グレーのカーディガンを羽織った男が半身を覗《のぞ》かせた。永森真也《しんや》だった。

「結局ね、一番怖いのは人間なんだ」

永森真也は銀縁の眼鏡を生成《きな》りの鹿革で拭きながらいった。

一階の食堂兼居間となっている広い部屋は、高い天井に何本もの黔《くろ》い梁《はり》が餇《は》い、腰壁と床は落ち着いた艶をもつ硬い材質の木が貼られて、漆喰《しっくい》の壁の乳白色と穏やかな対照をなしていた。いくつかの金属製のブラケットから発する白熱灯の光が、部屋に温もりをもたらしている。四隅には古風なスタンドが置かれ、正面に煤《すす》で黒ずんだ石造りのマントルピースがある。薪《まき》が燃えていた。そのまわりに置かれた大小の椅子に思い思いに座りながら、来訪者たちは永森の淹れた紅茶を飲んでいた。

「もう三週間になるけどね。最初は、物音とか、影とかにもびくっとしたんだが、なにせ古い建物だろ。歳をとれば家だって、咳をしたり夢を見たりするのさ。ま、気持ちのいいものじゃないが実害はない。それよりも、やっぱり、現実に危害を加える可能性は人間が一番大きいということに気がつくんだ。ヒトは、この種特有の残虐さを倫理という発明品によって制御してきたわけだが、すでに我々がその発明品を使いこなせなくなっていることに異論はないだろうからね。したがって、さっきも君たちだとわかるまでは、出ていかなかったんだ」

「俺たちだって、どんなやつが出てくるかと不安だったぜ。なあ」杉野進が中島有里に笑いかけた。

「はは。それじゃ、『X大学現代思潮研究会OB御一行様』とでも看板を出しておけばよかったか。しかしね、たまに四輪駆動に乗った若いやつらが物珍しそうに覗いていくけど、ついでに落書きしたり、壁板を剥がして持っていこうとするんだから」

「どうするんだ、そういうときは」高原良一は永森の顔を見て紅茶をすすった。

「驚かすのさ」

「驚かす？　どうやって」

二階の部屋に悦子を寝かせてきた高原陽子が夫の隣に座り、話は途切れた。

「どう？　朝まで眠るかな」

「そうね。疲れてるから、起きないと思うけど」

「ここは静かだから、ぐっすり眠れるよ」

永森真也がいうと、高原良一はティーカップを静かに置いて、おもむろに語り始めた。

「みんなにもいっておいたほうがいいと思うんだが……星は『緘黙《かんもく》』って知ってるか」

「そう聞く以上、完全黙秘の完黙じゃなくて、就学年齢の子供に見られる症状のことだな。話す能力はあるのに、たとえば、教室に入るとまったくしゃべらない。家に帰ると普通に話す。緊張や不安など心理的なものが原因だというが」

「さすが教師だな」

「で、もしかして、悦子ちゃんが？」

「ああ、医者はそうだろうといっている。だが、環境の変化とか、そういうきっかけは見当たらないし、親にもしゃべらないんだから違うような気もするんだけど」

「そうだったの。シャイなんだとばかり思ってた」

中島有里は小さな声でいった。陽子は俯《うつむ》いて小さく頷いた。良一はつづける。

「もう一昨年《おととし》のことになるけど、車に乗っていてダッシュボードに頭をぶつけたんだ。家に帰ってから、口をきかなくなった。大学病院で精密検査を受けたけど、神経や器官に異常はないと」

「私が急ブレーキをかけたから……」

陽子が良一の言葉を遮った。

「だから、おまえのせいじゃないって。何度もいってるだろう」

高原良一は、ひと回り年下の妻をたしなめるようにいった。

「今は」戸崎が高原に問いかけた。「幼稚園だよね」

「そう、来年は小学校。最近はね、幼稚園ですら、いじめのようなものがあるんだよ。何人かに縄跳びの紐《ひも》で縛られて、泣いていたこともあった。助けを呼べないから、先生もわからなかったそうだ。日頃から注意してくれるように頼んでいたんだが。もちろん、仲のいい子もいるけどね」

「……縛るのか。それは」

上げた。

星俊太郎は、暖炉の炎を見つめたまま低い声でいった。杉野進が遮るように片手を上げた。

「おいおい、そういう話はやめようぜ。教育関係のシンポジウムに来てるんじゃないからな。悦子ちゃんだって、必ず治るさ。だって、俺たちの話だってちゃんとわかるし、頷いたり笑ったりしてるじゃないか。頭のいい子だよ、父親に似ずにな。おっと、こういうと陽子さんに失礼か」

「おまえ、それは名誉毀損だよ」

高原良一がいうと、待っていたように控えめな笑いがおこった。

「そういえば、直美《なおみ》さんは来なかったのか」

永森が話題を変えた。

「ああ。休みがとれないんだ。なにしろ、俺よりずっと稼ぎがいいもんだから」

「そうか」

「おお、直ちゃんはバリバリのキャリア・ウーマンだからな。卒業のときは総代だったっけ。俺たちみたいな追い出され組とは違うってわけさ」

そういって杉野は立ち上がった。

「ビール、ないか」

「悪いな。ビールはないんだ。ウィスキーとワインならキッチンにある」

永森が取りにいこうとすると、杉野はすすんでウェイターの役をかってでた。

「いいよ。探してくるから。ほかに飲む人は」

高原と星が手を挙げた。

「ウィスキーでいいな」杉野は食堂の奥の厨房に、スリッパの音も高らかに入っていった。

「買い物はどこまで行くのかしら」

高原陽子の代表質問に、永森は紅茶を一口飲んで答えた。

「N湖の畔《ほとり》に一軒だけ店があります。N売店という、なんの趣もない名前ですがね。貸ボートもやっていて、昼間だけ人が来ている。品数は少ないけど、食品、日用雑貨、衛生用品など最低必要なものは置いてある。キャンプ場が近くにあるんでね。店になくても、前の日に頼んでおけば次の日持ってきてくれるから、心配ない。ただし、デパートの食品売り場というわけにはいきませんよ。まあ、コンビニエンスじゃないコンビニみたいなもんかな」

「なんだそりゃ」と高原良一が笑った。

「クルマじゃないと大変かしら」

「そんなことないけど。僕はクルマ持ってないから、この山荘のスクーターでひとっ走り。だから雨が続くと、ひもじい思いをするか、重装備で転倒の危険を省みず出撃するかの選択だよ。ここは雨が降ると、昼でもセーターを着ないと寒いくらいだからね。それでも、どうしてもっていうときは、店に電話して届けてもらうのさ。R山荘といえば、『ああ、あの』といわれるくらいだからね。ご当地では名所旧跡だ。僕もさ、Rゆかりの者みたいな顔をして、ご苦労さま、なんて気取ったりしてるのさ」

「へえー」中島有里が、語尾を上げていった。「でもさ、何ヵ月もこんな寂しいところに一人でいたら、おかしくならないかな」

不躾な質問は、杉野進がそばにいればなんとかとり繕っただろうが、あいにく彼は酒を探すのに手間どっていた。場の気まずい空気を察したのか、まったく察していないのか、永森は自然に応答した。

「中島さんは到着したばかりで、都会との落差が激しいからそう感じるんでしょう。ここにいるとね、よくもまあ、あんな息苦しいところで生活できたなあ、って不思議に思うよ。もっとも、ずっとひとりというわけじゃなくて、ちょくちょく掃除とか世話をしてくれる人が来るんだ。頼んだわけじゃないんだけどね」

「へえ。財閥が雇った家政婦か。オバサンだろ？」と高原が訊くと、

「いやいや。うら若き女性さ。とても優しくてね。名前は節子さんって、ちょっと古いけど」

「セツコさん？　ほんとかよ」

高原はその名前に妙な疼《うず》きを感じて、問い返した。

「ああ。すっかり仲良しになって、ときどき泊まっていくんだ」

と男たちの顔を見回し、驚きを隠しきれない表情を見てとると、永森はさも愉快そうに笑った。

「はっはっは。冗談だよ。でも、いたっておかしくないだろ。ここの主なら」

「そうそう、ここの主だったら、自然派ですみたいなヒゲを生やしてバンダナを巻いたログハウスのオーナーなんかとはレベルが違うよね」

有里がそういって手を小さく叩いた。

「おいおい。手厳しいなあ」星が苦笑した。「そういわれちゃ、ヒゲは生やせないぞ」

「え、そうなの」

「いや、近日中に着工予定。俺んとこは子供いないけど、生徒や卒業生はみんな自分の子供だと思ってる。で、彼らにも建設を手伝わせながら、ゆくゆくはみんなの活動拠点みたいにする計画なんだ」

「じゃあ、やっぱヒゲ生やさないと」

有里が混ぜ返した。座に広がったざわめきの最後に、永森は、鼻でひとつ笑うと話を戻した。

「本物の別荘族というのは、流行《はや》りのログハウスなんかじゃなくて、二千坪とか三千坪の敷地にこの山荘程度の建物を持っていて、初夏から秋までずっと滞在するような人種のことをいうんだ。週末に通うようなのは仕事に追われるただの庶民だよ。まして僕なんか、いわば管理人だからね」

「あ。気に触ったらごめんなさい。違うの。私、こういう古い建物が好きなんだ」

「いやいや、別にあなたにいったわけじゃない。確かにね、快適な設備を満載したログハウスとはまったく違うよ、R山荘は。まず、テレビがない。電波が届かないからね。ここじゃ増幅器を付けてもだめだろうな。新聞も配達されないから読まない。そうすると、ラジオも聴かなくなるんだ。ニュースには興味を失って、ここにある古いレコードとか持ってきたカセットをかけるくらい。段々と、下界を見下ろすというか、世俗のことには我関せずというか、唯我独尊的になってくる。人里離れた山奥という環境は、人間に不思議な力を与えるものらしい。修験道から雪山讃歌まで、山が象徴するストイシズムは、一種の快楽なんだな。いったんとり憑《つ》かれたら、いくところまでいかざるをえない。僕もね、これで本も読まずにもうしばらくいれば、徐々に精神が透明になっていくような気がするよ」

「杉野、遅いなあ」

高原良一が首を伸ばして厨房を窺った。永森もちらっと眼をやったが、話をやめない。

「そんなわけで、現実の会話をしていないとね、頭のなかのモノローグがいつしかダイアローグになっていくんだ。相手は、誰か実在の人物のこともあるし、架空の、たとえば小説の主人公とか、複合されたキャラクターのこともある。しかも、好きなように相手が選べるのではなくて、いきなり登場してくる。たいてい批判者として現れるんだなあ、これが。なかでも、あまり出てきてほしくないのが、自分の過去を根掘り葉掘り引っ張りだしては責めるもう一人の自分だね。これに反論しても、結局、言い訳にしかならない。おまえだってそうじゃないかなんて、これは言い訳にもならない。むしろ、自分の非を認めることになってしまう。そうなると、悪霊退散、って追い払うわけだが、逆に追い払われて、スクーターで湖一周とかね」

厨房で物音がした。

「だからねえ、みんなが来る前は、普通の会話ができるかどうかちょっと不安になったりしたんだ。……はは。普通の会話になってないか、これじゃあ。しかし、同じひとりにしても、太平洋や北極横断の単独行、もっと極端なのは人工衛星に一年間も閉じ込められている宇宙飛行士となると、僕のようにボーッとしている暇はないそうだ。というか、空白の時間ができないように計画されているらしい。大きな目標に向かって、細々とした作業を綿密に積み重ねてゆく。絶えず現実から判断を、しかも瞬時の、を求められるからね。緊張の連続だろう。その方が孤独に耐えられるという。僕みたいに役立たずの妄想に耽《ふけ》っていたら、出発するかしないかのうちに遭難は間違いない。ま、いわばここは、いつづけることだけが唯一の義務である宇宙船で、君たちは」

わっ、と小さな叫び声とともにガラスの割れる音が聞こえた。一同は、やおら立ち上がり、厨房の入口で足を止めて中を覗いた。

天井から吊るされた蛍光灯が照らす厨房は、並のマンションのＬＤＫほどもあろうか、窓際に流し台とガス台、冷蔵庫、食品収蔵庫が並べられ、反対側に古めかしい食器棚が二台、その脇に段ボール箱が数個積んである。中央にある四人掛けのテーブルの上には、食器類が乱雑に置かれていた。突きあたりの勝手口は、アルミ製のドアを最近取り付けたらしく、そこだけ安っぽい光を反射している。木製の桟で仕切られた窓の透明なガラスが、外の闇を背景に室内を映していた。

杉野進は両手をだらりと下げてテーブルに寄りかかり、その窓を凝視していた。床にはガラスの破片が散乱している。

「どうした」星俊太郎が声をかけた。杉野はゆるゆると右手を肘の高さまで上げて、窓を指さした。

「顔だ」

六人の眼が窓に走った。

「外から、顔がこっちを見ていた」

高原良一が窓と杉野を見比べながら訊く。

「顔って、どんな。人間の？」

杉野は思い出そうとするように、微かに首をかしげた。

「だと思う」

「自分の顔が映ったんじゃないの」

中島有里が疑うと、夢から覚めたといった風情で、杉野は背筋を伸ばし目をしばたいた。俯いた口許には照れが浮かんだ。

「杉野の顔が映ったんじゃ、誰だって驚くよなあ」

高原良一が大げさに冷やかした。が、笑いながらも、すすんで厨房に足を入れようとする者はいない。それを押しのけて、永森真也が箒《ほうき》と塵取《ちりと》りを両手に杉野に近づいた。

「このグラス、貴重品なんだ」

永森はそういうと、大きめのかけらを手で拾い、塵取りの上に並べた。床に砕け散った小さな破片は、寒い星屑のように光っていた。

「悪かったな。帰ったら同じものを探してみるよ」

丁寧に掃除する永森を見下ろしていうと、杉野は気を取り直し手伝おうとした。永森はその手を払った。

「このグラスは二度と手に入らない。いくら高価なものを買っても代わりにはならないんだ」

「特別なものなのか」

「そう。R山荘の主でさえ、いつからここに置いてあるのか知らないくらいの骨董品だ。四個が揃って一組なんだ。一つ一つ模様を違えて四季を表しているそうだ。これは……、夏だ。放射状にカットしてある。太陽だよ」

「そうか。……すまん」

「奥の棚のは使わないでくれ。手前に普段用の食器が入っているからこっちを使うようにしよう。いわなかった僕にも非はある。主には僕が謝っておく」

「掃除機あるかしら。子供が踏んだりすると」

高原陽子が二人の間にしゃがみ、そっと指で床に触れた。塵一つないきれいな床だった。永森は、段ボール箱から出したビニールの袋にグラスのかけらを音がたたないように捨て、陽子にいった。

「いいよ。明日の朝、僕がやっておくから。さ、それよりせっかく犠牲を払ったんだから、飲もうじゃないですか。今度は安物のコップで。ワインは赤、つまみはチーズとクラッカーでよろしいでしょうか」

永森はひとりでさっさと用意すると、ワゴンテーブルに載せ居間に戻った。ほかの

者もつづいた。なかなか去ろうとしない杉野は、最後に残った戸崎の耳元で、

「おまえも、古いものには触らないほうがいいぞ。出るからな、これが」と囁《ささや》くと、両手を幽霊の形にして戸崎に示し、こちらはぬかりなく探しだしておいたウィスキーと氷を持って、厨房から出ていった。

戸崎弘は流し台の前に立ち、正面の窓ガラスを見た。顔は映っていない。光源の角度だろうか。二、三歩退がると上半身が映った。今度は近づいて、窓ガラスに顔を寄せた。カツンと、何かがガラスに当たった。虫だった。灯に誘われた甲虫が体当たりを繰り返している。闇から抜け出て、ガラスに阻まれ、再び闇に帰ってゆく。と、みるみるうちに甲虫は群れとなり、霰《あられ》となって窓に降り注いだ。ガラスは処刑台の小太鼓のように連打され、窓枠が震えはじめた。暗緑色の夥《おびただ》しい小さな甲殻が視野に溢れた。

戸崎は悪い左脚を残して後ずさりした。見れば、甲虫は一匹だけ、黒い腹を桟の上に乗せ、細い肢でガラスを擦っている。そして、もう一匹、白い蛾の掌ほどもある大きな翅《はね》が、じっと動かずに張りついていた。戸崎は、その蛾にひどく懐かしさを感じ、どうして懐かしいのか訝しみながらも、しばらく見つめていた。

遅れて座った戸崎に陽子がコップを差し出し、飲み物が皆にいきわたった。暖炉の

炎は急に勢いを増した。木脂の匂いがした。

永森は安楽椅子に深く腰を下ろし、真紅のワインを口に含み、味わってからゆっくり嚥下《えんげ》すると、饒舌さをとりもどした。

「無駄なおしゃべりばかりだけど、このR山荘の来歴でも話そうか」

「Rってのは、あの作家のRか」高原良一が咳払いをしていった。

「そう、探偵小説、幻想怪奇小説の第一人者といわれたRだよ。みんなも一作くらい読んだことがあるだろう。彼が現役の流行作家の頃、正確にはわからないんだが、おそらく一九三〇年代前半と思われる、つまり、小林多喜二が特高に殺され、戦時色がどんどん濃くなっていった頃だね。夏の間、執筆するために購入したのがこの山荘だ。今でさえ来るのが大変なんだから、当時はそれこそ人跡未踏の地といったらオーバーだけど、え？　今でもそうだって、はは、こんなところには炭焼きにも来なかったんじゃないか。それなのに、すでにこの建物はあったんだ。しかも、そのかなり以前から」

永森は一呼吸おいてつづける。暖炉の炎が眼鏡のレンズに映って小さく揺れた。

「なんでも、日本にやって来た亡命ロシア人貴族が、どさくさに紛れて持ちだした莫大な財産を投じて建てたという。ま、よくありがちな伝承、というか風説というか、ほぼその程度の話だから、信じがたい尾ヒレもついている。地下に金銀財宝を隠したまま行方不明になっただの、N湖の上流にある発電所はそのロシア人がつくっただの。地元ではこんな噂も流れたそうだ。N湖は冬は氷結するんだが、あるとき、ワカサギ釣りに来た人が氷に穴を開けていた。すると下から金髪がごそっと出てきた。そこで穴を広げて掘り出してみると、行方不明になったロシア人の娘の死体が揚がったんだ。仰向けで、しかも裸でね。氷漬けだから生きているようにきれいだった。ところが、体の裏側にはゲンゴロウがびっしりと」

やだあ、と中島有里が手で口許を覆った。

「はは。お話ですよ、お話。その後、東欧からナチスの手を逃れてきたユダヤ人の資産家が、山荘を買い取ることになる。ホテルにしようとして改築したらしい。これはね、亡命ロシア人伝説よりは信憑性が高いんだ。ホテルの名残がそこらじゅうにあるからね。ところがお察しのとおり、場所も時代も悪かった。とても経営できる情勢ではない。そこで、次にアメリカへ渡る資金を得るために売りに出したところ、日本の小説家が買ったというわけだ。まあ、ユダヤ人かどうかは別としても、まず日本人ではないに違いない。こんなホテルに客が来るとは、誰も思わなかったろうからね」

ふん、と杉野進は何事かいいかけたが、開いた口にはウィスキーが注がれた。ほかの者は黙って暖炉を眺めている。朱色の炎の淵にときおり青い光が走った。

「Rが山荘を買った頃、軽井沢はすでに避暑地として有名で、夏を軽井沢で過ごすことは上流社会のステータスを確認することだったんだ。文士と呼ばれる連中も、大勢滞在していた。谷崎、川端、横光などのブルジョア作家たちが、プロレタリア文学に対する勝利の祝杯をあげていたわけだ。これとは別に、もはや時代から遁《のが》れるしかなくなった知識人は、峠を越えた北の山麓に質素な避暑地をつくった。後に大学村と呼ばれることになるのだが、当時は、その一帯は軽便鉄道が走っていたから、まだ便はあった。けれども、そのさらに北の山奥であるN湖までは、交通手段は皆無だった。Rは職業を数十も転々とした。チャルメラ吹いて屋台引きまでやったそうだから、ブルジョア作家とも、インテリゲンチャとも距離があったと思うんだ。そして党とも無縁だった。ね、ふさわしいと思わないか、人里離れたこの山荘は。Rは怪奇小説を書くとき、昼間なら雨戸を閉め切って黒いカーテンを引き、蝋燭《ろうそく》の灯で原稿用紙に向かったと伝えられるくらいだから、なおさらもってこいだよね。Rの年譜をちょっと調べてみたら、ここで執筆したと思われる作品がいくつか浮かんできた」

永森は小説の題名を二、三挙げた。戸崎弘は、それ読んだよと、誰かが述べねばならない台詞を口にした。

にやりと笑って永森は戸崎にワインをすすめた。戸崎は無言でコップを差し出した。

「R山荘は、戦後、三たび売りに出された。Rは小説をもう書かなくなっていたんだ。書けなくなったのか、戦争中の体験から筆を折ったのか、研究の対象としても面白いが。で、そのとき山荘を手に入れたのが、現在の持ち主の先代だ。朝鮮戦争でボロ儲けした成り上がりだけど、とにかくRの熱烈な愛読者だったそうだ。そのため、できるだけ小説家が使っていたままの状態を維持してきた。R山荘と名付けてね。特に、書斎はまったく手をつけずに、机から小物から紙屑までね、そっくり残してある。とはいっても、僕も見たわけではない。実は、先代はここをR記念館のようにして保存するつもりで、家人にも書斎に入るのを禁じ、鍵は常に肌身離さず持ち歩いていたものだから、先代以外は入ったことがない。そして、ご当人の亡くなった後、いくら捜しても鍵はみつからなかった。それ以来、開かずの間ってわけさ」

「扉ごと取り替えればいいのに」

有里がいった。早くも空になったコップを膝の上で玩《もてあそ》んでいる。永森は壜《びん》を手にとり、そのコップを紅く輝く液体で満たした。

「そこが金持ちと貧乏人の違いさ。あっ、失礼。あなたが貧乏人だというわけじゃない。僕もそう思ったんだが、実際、今の主は別荘はほかにも持っていて、この山荘はあまり使われないし、部屋数も充分あるから、書斎に入れなくてもちっとも困らない。それに、主は小説家になぞ興味もなくて、できるなら山荘を処分してしまいたいのさ。でも、やはり故人の遺志もあるし、そのうち節税対策の財団法人でもつくって記念館にしようと思っているんだろう。それまでは、現状のままで維持管理していればよいということだよ。もっとも、伝記にはRもこの山荘も登場させてくれとの御注文だから、ゴーストライターにとっちゃ好都合だけどね」

「なあるほどね」仏頂面で聴いていた杉野が、芝居じみたため息をついた。

「そうすると、なにか。さっき割ったグラスは、Rが使ったものか、さもなきゃ、そのロシア人だかユダヤ人だかのものだったたってわけか」

「さあ、どうかな。いずれにせよ、アール・デコ調だから、Rが山荘を入手する前の製品だろう」

「そのR信奉者の成り金が生きてたら、目の玉ひんむいて怒るな」

杉野はコップを掲げて透かし見た。深い琥珀《こはく》色はねっとりと揺れた。液体の中からこちらを見る顔が赭《あか》く歪んでいる。急に酔いがまわって、長い欠伸《あくび》が洩れた。

「どうする、風呂を沸かしてあるけど」

男達は気乗りがしないようだ。陽子と有里が顔を見合せ、頷《うなず》くと遠慮がちに答えた。

「じゃあ、私たちは」

「こっちです。二人いっしょでも大丈夫ですよ。四、五人入れるくらい大きいから」

と説明しつつ、永森は居間を出ようとして振り返った。

「あ、みんなにも教えるから来てくれ。ついでに、ざっと案内しておこう。夜中に火事にでもなって逃げられないと困るしね」

四人は大儀そうに腰を上げ、後につづいた。

食堂兼居間からホールに出ると右手が玄関、左手には階段がある。炎に熱せられた頬がひんやりと気持ちよかったが、背中は寒い。階段の、豪華に装飾された手すりの親柱が、照明を反射して重厚に光っている。階段の脇の暗い一角を指し示し永森はいった。

「おそらくここがフロントだよ。そして、向かいにやはり小さな部屋があるだろう。こちらはバーだ。がらくたが積んであるけどね」

ホールはその先で幅の広い廊下となり行き止まりには便所がある。さらに、廊下は左に折れ、幅も狭くなって奥へとつづいていた。壁のスイッチをつけると、電灯が一斉にともった。居間の壁が比較的状態が良かったのに比べ、こちらはひび割れが目立ち、何箇所も漆喰が剥がれている。先導する永森は「湿気のせいだと思うんだがなあ」と我が家のように眺め、廊下右側の引き戸を開けた。

「ここが洗面脱衣所だ」

正面に白い陶器製の小ぶりな洗面器が三つ、金属の台に据えられている。楕円形の鏡と真鍮《しんちゅう》の蛇口が二個、それぞれに付けられていた。浴室へのドアの横に置かれた、これだけは新しい洗濯機が、いかにも不釣り合いだ。

「いやあ、たいしたもんだよ。お湯が出るんだよ、これ。今でこそガス給湯器があるからどの家でもお湯が出るけどさ、当時としちゃあ、贅沢だよね。Rもさぞかし驚いたろう」

永森は自身の言葉に妙に納得して、一同を見回した。有里だけがへエーと合いの手を入れた。

次に永森は、廊下の突き当たりのボイラー室に案内した。階段を三段ほど降りるとコンクリートのたたきと鋼鉄の扉があった。永森は開けただけで、なかには入らない。星と戸崎が隙間から覗き込んだ。油の臭いが鼻をついた。ボイラーは相当な年代物らしく、うねる配管から大小の調整弁をむやみに突き出し、種火を揺らめかせて低く長い息を吐いていた。薄暗い地下室にうずくまるそれは、行者によって封印された中世の怪物にも似て、最もR山荘にふさわしいものに思われた。

「停電のときはね、発電機にもなるのさ」

「よく停電するのか」

「たまにね」

永森は星にそう答えて片頬を歪めた。鋼鉄の扉は重い響きを残して、再び怪物を閉じ込めた。

ホールまで引き返し、広い踊り場をもつ階段を昇ると、廊下が左右に伸び、天井に直付《じかづ》けされたまばらな裸電球が灯《とも》っている。階段側に縦長の窓が、向かい側に客室が並び、ドアには番号が付されたプレートが貼られている。廊下の両端には扉があった。永森は右の扉を指差していった。

「僕は、あの部屋を使ってるんだ。東と南に窓があって一番広いから、ま、貴賓室ってとこかな。みんなの部屋はさっき割り振ったけど、適当に使ってくれ」

貴賓室の隣は高原一家、そして杉野進と中島有里、戸崎弘、星俊太郎の順に部屋が割り振られていた。星の隣は、明日来る予定の寺山民生《てらやまたみお》が使う。さらにいくつか部屋をおいて、左端に扉がある。永森は顎《あご》で示した。

「あれが開かずの間さ」

他の部屋よりもそれは小さめの扉だった。部屋番号は貼られていない。しかもこれだけが塗料を違えたのか、艶消しの墨色が、自ら開かずの間であることを宣言していた。

男たちはセーター類を着込んで居間に戻り、それぞれ元の椅子に座った。星は我慢していた煙草に火をつけ、いった。

「何年ぶりかな。これだけのメンバーが揃うのは」

「二十年だ」

永森は間をおかずに答えた。

「二十年かよ。みんな、オッサンになるわけだ」

杉野の言葉に一同、口許を緩めたが、戸崎はひとり、半端な眼差しをコップのなかに落とした。杉野はそれを見逃さなかった。

「おや。戸崎君は、ぼくは違いますって顔だな」

「やっぱり、独身だと老けないよな」高原が羨ましげにいって、「俺なんかさあ、結婚が遅かったせいもあるけど、なんだか子供ができたとたんにオヤジ面になっちゃって、そのうえ髪もさあ」と、頭頂部に手をやった。

「俺は老けなかった」杉野が胸をはった。「しかも、離婚してさらに若返ったような気がするぜ」

「それはだなあ、有里さんのお蔭だよ。まったく、犯罪的行為だぜ」

「ま、ま。莫大な代償を払ってんだから」苦い眉をして杉野は掌を高原に向け、非難を抑える仕種をした。「外見は若くたって、内臓は誤魔化せないからな。俺も、医者に煙草か酒かどっちかやめろっていわれて、ついに煙草やめたよ。星も潰瘍やったんだろ」

「ああ、胃カメラは年中行事みたいなもんだ」

「直ちゃんは?」

「ん、元気だよ」星は素っ気なく答えた。

「なんで連れてこなかったんだよ。俺たちのマドンナを」

「だから、仕事だって」

不機嫌一歩手前の表情で、星はウィスキーを口に含んだ。杉野は軌道を修正する。

「寺山は、明日来るのか」

「明日の夕方だ。連絡あったか」

永森は、道順を問い合わせてきたと答えた。

「全員集合、か」杉野が酔った息を吐きだした。

「全員ではない」戸崎が、ささやかに異議を唱えた。

「もちろん全員ではないけど」

高原は一人ひとりの名をあげて指を折り、ふとそれをやめて戸崎を見た。戸崎は無言で肯定した。厚い堆積物の隙間から、亡き者の名が急激に浮上する。岩田清二《いわたせいじ》。

それは昨日の出来事よりも鮮明だった。五人を静寂が隔てた。薪のはぜる断続的な音が、忘却を責めた。地虫のような耳鳴りが次第に大きくなり、頭蓋のなかで時が遡《さかのぼ》る。雪の別荘地、湿った銃声。黒い穴。紐が囲む人のかたち。線香の煙……。

星が口を開いた。

「つまり、あれから二十年ということだ」

「早いもんだな。ふた昔も前か」高原は黒いメタルフレームの眼鏡を外し、小さなため息をつきながら遠い空間を仰いだ。

星は暖炉に吸い終えた煙草を投じ、永森にいった。

「この近くだよな」

「ああ。H山」永森が暗い窓に視線を投げた。「少し登ると、岩田が埋められたH山が、すぐそこに見えるよ」

いくつかの眼が窓の外の闇に吸い寄せられた。が、忌まわしいものを目撃したかのように、すぐに室内に逃げ帰り、冬の山中の幻影を振り払う。話題があの凄惨な事件に及ぶのは避けたかった。どのようにケリをつけるか。

「老けないのはあいつだけだ」高原は、躓《つまず》きかけた姿勢を立て直す。

「そう。死んだ者は、いつまでも若いままだ」

星は青年の顔を思い浮かべるかのようにいって、死者をありふれた世辞に回収した。セピア色の肖像写真のように、死者を安全な記憶のなかに封ずる、そのための呪文が常套句なのだ。星は己の言葉に満足した。

しかし、戸崎は危険なアルバムを閉じようとしなかった。

「我々も若いままだ。岩田を思い出すときは」

「思い出したって、死んだ者は生き返りゃしないがな」杉野が面倒臭そうに口をはさんだ。

「我々の中に生きている」戸崎は退かない。

「俺の中に生きていられても困るぜ」杉野はそういい返して、胸にブランドの刺繍があるセーターを脱ぐ仕草をした。

「そういう意味じゃない。我々が集まったときには、彼にも参加する資格があるということだ。たとえ物理的に存在しなくても」

「ああそうかい。じゃ、そのあたり」と、杉野は部屋の隅の暗がりを指差し、「その薄暗がりあたりに、存在しないけど、岩田がいるかもしれないってわけか」といって薄く笑った。

「我々は、死者の上に立って生きていることを忘れてはいけない」

戸崎の一念に、杉野は苛立ちまじりに口を尖らせた。

「死者の上に立っている？　なんだよ、おまえ、そりゃ説教か。怪しげな宗教にでも入ったんじゃないだろうな。あの世の話ならほかでやれよ。人間の弱みにつけこんで来世をでっちあげ、細民に現世的利益を諦めさせる制度だろうが、宗教ってのは。そのために、超越的なものを敬ったり、畏れたりする仕掛けをつくる、巧妙で、狡猾な、幻想の体系なんだよ。あいつが命を捧げた、革命運動、ってのも、それと似たようなもんだったがな、ははっ。レーニンもよく宗教用語を使ってたろう。背教者とか。では、岩田は殉教者か？　いやいや、異端も異端、大異端さ。

いいか、あいつから俺たちを見限って、自分の意志で、山岳ベースとやらに行ったんだ。そこら中に、やつらの指名手配の写真が貼られていたのを覚えているだろう。そんななかで、あいつが単なる学生運動から〝飛躍〟して、革命軍兵士を志願した時点で、俺たちは、あいつに革命される側に、なっちまったんだよ。俺たちが、あいつの上に立って生きているだと？　あの一件で、俺たちが、どんなに迷惑をこうむったか、順番に発表するか。岩田がそこにいるなら、俺は、自己批判を迫ってやるよ。おまえは、悪霊にとり憑かれた豚だっ、てな」

文節を強調する断定的な語調は、図らずも二十年前の杉野のそれに還っていた。そして、かつてそうであったように、杉野の発言に途中で口を挟む者はいない。

「ま、こういう機会だから懐かしがるのはかまわんが、追悼だとか慰霊だとかは、御免こうむるぜ。俺は、そんなつもりでこんな山奥に来たわけじゃないからな。確認しておくぞ、目的はあくまでも、避暑だ」

ブラケットのひとつが点滅し、消えた。が、誰も注意を払わない。遠くで家鳴りがした。しばらくして、戸崎が呟いた。

「でも、同志だったことは事実だ」

杉野は肘掛けを派手に叩いた。

「ドウシ?」杉野の引きつった口の端から唾が飛んだ。

「おいおい。そんな単語をいまさらこの耳で聞くとは思ってなかったぜ。もう辞書にも載ってないだろうよ。じゃあ、久々に肩組んでインターでも歌うか。カラオケはありませんけど。それとも『友よ』か、『同志は斃《たお》れぬ』にしますか。どうする。タワーリシチ。よう、どうだ。トンチー諸君」

「そこまでいってはいないだろう、戸崎は」星は眼を伏せ、諭すようにいった。「岩田とは付き合いが長かったんだし、同志という言葉だって、そんなに重く考えることはない。そうつっかかるなよ」

「おまえはいつもそうだ」元の表情に戻った杉野は、椅子の背に頭を預けた。「自分で火をつけておきながら、途中は黙っていて、最後にウマイところだけもっていく。まあ、いい。こんなところまで来て、内ゲバやったってはじまらない。それこそ、あのアホどものようになっちまうぜ。この話は終わりだ」

ホールから冷たい風が吹き込んできた。一斉に向けられた視線の先に、中島有里の上気した顔があった。髪をポニーテール風にまとめた姿に杉野は表情を緩めた。

「お風呂、あいたよ」

「おっ、じゃあ俺も、ざっと浴びて寝るとするかな」

杉野は伸びをして立ち上がると、有里と連れだって二階への階段を昇った。

杉野の腕を引いて有里が囁《ささや》いた。

「なんか、どこからか見られているようで、気味悪かった」

「おいおい。おまえもかよ。人のこといえないな」

「だって、陽子さんも、そんな気がするって」

「えー、ホントかよ。……オレ、来るんじゃなかったなあ」

「あれ。結構、怖がりなんだ」

「違うよ。そういう意味じゃなくってさ……」

階段が、いやに長く感じられた。


けたたましい鳥のさえずりが、大波となって山荘に打ち寄せている。耳を聾《ろう》するその音声には、野鳥を愛する会のメンバーでさえ、思わず逃げ腰になるだろう。木々の枝一つひとつに森に棲む鳥がびっしりと整列し、山荘に向かって声を限りに空腹を訴えているかのようだ。まもなく食われる運命にある膨大な数の虫たちは、震える葉の裏で遺書でもしたためるほかはあるまい。

山荘の前庭には手入れの跡が見受けられたが、建物から遠ざかるにしたがって、辺りには夏草が生い茂り、敷地を囲む高い木立の奥は流れる霧にまだ隠れている。空は早くも、秋を思わせる澄んだ色に輝いていた。幾重もの梢をくぐり抜け、朝陽が山荘の正面に届いた。空気の薄さを証明するかのような眩《まぶ》しさだ。

玄関の扉がおずおずと開いて、パジャマにカーディガンを羽織った高原悦子が顔を覗かせた。眼を細め、上下左右を見回してから、やっと一歩踏みだした。高原陽子がトレーナー姿で後に付いている。悦子はその場でじっとどこかを見ていたが、母に促されポーチを横切ると、両足を揃えて庭に跳び下りた。それを迎えるかの如《ごと》く、鳥の啼《な》き声が一際高くなった。陽子は、森から鳥が溢れたような気がして、自分で滑稽とは思いながらも、悦子を庇う姿勢で庭に下りた。地表はしっとりと濡れていた。サンダルを履いた素足に触れる朝露が冷たい。

紅色のワゴン車が心細げに停まっていた。悦子は、今日が昨日の続きであることを知る。車を指さし、陽子に同意を求めた。

「そうね。あのクルマで来たのね。えっちゃん、途中で寝ちゃったから、着いたのがわからなかったでしょ」

悦子は耳を掌で押さえ、眉をしかめた。

「鳥さんたちがね、おなかすいたぁって、鳴いているのよ。たくさんいるのねえ。えっちゃんもおなかすいたかな」

悦子はこくんと頷いた。

「そう。じゃあ、大好きな卵かけごはんをつくろうか」

持参した食料品は、昨夜、夫たちが冷蔵庫に入れておいてくれたはずだと思いながら、陽子は山荘を振り仰いだ。

予想以上に立派な建物だった。庭園美術館の旧朝香宮邸を思い出す。陽子のお気に入りだ。あれはアール・デコだけど、これは何という様式なのだろう。

洒落た外壁は、一階部分の途中まで石が積まれ、上部は白い漆喰を際立たせるように木の柱を装飾的に露出させている。斜めに取り付けられた筋違いや一定の間隔で連なる縦長の窓が、永森の話した山荘の来歴を裏付けるように、異国の雰囲気を醸していた。見上げる軒も高く深い。

「ハーフティンバーという様式なんですよ」

不意に声がした。永森真也が肩を並べるようにして建物を眺めている。陽子は半歩さがって無意識のうちに娘の手を取り、朝の挨拶をした。悦子は見知らぬ男に素直な眼差しを向けた。

「十九世紀から二十世紀の初頭にかけてヨーロッパで流行った様式です。元はイギリスの農家の建て方なんですが、上流階級が好んで別荘に採り入れたようです。素朴さを強調してね。田園趣味といえば聞こえはいいけど、むしろ特権意識の裏返しというべきでしょう。最近、日本でも、過疎地の古い農家を解体し、ムードだけ残して再建するのが、いい趣味だって宣伝されている。エコロジーブームの一端でね。けれども歴史をたどれば、そういうのは貴族趣味なんですね。マリー・アントワネットが広大な庭にわざわざ質素な百姓家を造らせて喜んでたのは、有名な話ですから」

永森の講釈にいささかうんざりしながら、陽子は適当に相槌を打った。悦子は理解できる言葉を探そうと、じっと耳を傾けている。しかし、何の話をしているのかわからない。二人の大人はこの大きな家を眺めながらしゃべっているから、これがどうかしたのかもしれないと思った。ひょっとしたら、このおじさんが造ったのか……そうだ、おじさんの家なんだ。それで、怒っているんだ。顔は笑っているけど、この人は怒っている。勝手に泊まったからだろうか……。

「あのう」陽子は永森の長話が一段落したところで、ようやく発言の機会を得た。ただし、内容の落差に声は控えめだ。「小さなお釜とか、ありますか」

えっ、という表情をした永森は一瞬、その意味を摑《つか》めないでいたが、陽子と悦子が手をつないでいるのを見て察した。

「こういうところへ来たら、ダンナにやらせたほうがいいですよ」

「ええ。でも、この子のは、私がつくらなきゃダメなんです」

「お父さんがつくったんじゃ、口にあわない？」永森はそういいながらしゃがみ、悦子の目の高さに視線を合わせた。悦子はその眼をまともに受けた。横へ退いて半身を母の陰に隠しながらも、そらさずに見つめ返す。永森の口許から笑みが消えた。

「探せばあるでしょう」立ち上がって答える永森は笑顔に戻っていた。「ここの什器《じゅうき》類は、街でも手に入らないようなものがいっぱいありますよ。これは何に使うんだろ

う と首をひねることもしばしばです」

「この子、アトピーがあるので、食事はいつも別につくってるんです」陽子は悦子の肩を抱いた。

悦子は永森から眼を離さない。いつ怒りだすだろうか。お釜だって家から持ってくればよかったのに。きっと食べたら叱られる。なんだか泣きたくなってきた。

「さあ。じゃ、着替えましょう」

いい終えるのを待たずに悦子は玄関に走った。扉を開け、陽子を手招きする。早く永森の視界から遠ざかりたかった。陽子は軽く会釈すると、敢えてのんびりと悦子の後を追った。扉を閉じてから悦子にいった。

「大丈夫。あのひとはパパのお友だちなの。夏のあいだだけ、ここに住んでいるのよ」

悦子はかぶりを振った。


杉野進と中島有里が連れだって食堂に現れ、皆と挨拶をかわした。朝の光に照らされた室内は、さすがに数十年の歳月を感じさせたが、むしろ風格というべきだろう。暖炉はきれいに掃除されていた。永森真也がコーヒーをサービスする。有里が大袈裟に恐縮しながら食卓について〝避暑〟の二日目が始まった。それでも、一同ぼんやりと窓の外を眺めている。

「炊事は、当番制にしよう」行動開始を告げるべく星俊太郎が提案した。「つくる人と片づける人、それから非番の三組だ」

とりあえず、反対の声はない。

「陽子さんは悦子ちゃんのを別につくるそうだから、ほかの六人、明日からは寺山を入れて七人で交替だな。昼飯は日によってわからないけど、とりあえず平等になるようにうに分けてみよう。戸崎、ちょっと紙に書いてくれないか」

「やっぱり、学校の先生は違うね。はい、皆さん、ご返事は」高原良一がからかう。

はーい、と有里は調子に乗り、やりすぎと気がついて舌を出した。星が苦笑する。

「今朝はどうする」紙を手元に置いた戸崎弘は罫《けい》を引く手を止め、面《おもて》を上げた。互いに答えを待つようにそれぞれ顔を見合わせている。視線は永森に注がれた。永森は聞き逃したのか、怪訝そうに皆の顔を見返した。

「今朝はどうするって」杉野が繰り返した。

「どうするって……僕はいらない」

「なにいってんだよ。朝飯は誰がつくるかって相談してんの」

「え。そうか。そうだな。昔、兵隊に採られた新兵は、入営の日だけはお客様扱いされたそうだから、僕がつくってやるよ。あとは買いだしにいって、持ってきたものとあわせてメニューを考え、各人の能力に合わせて担当を決めたらどうだ」

「よし。それでいこう」

座は活気づいた。これからの予定が話題にのぼる。テーブルに地図を広げ、それぞれが仕入れてきた情報を披露しあいながら、短い休暇のスケジュールが固まってゆく。

悦子は飲みかけの牛乳を手に持ったまま、椅子から降りた。朝陽の差し込む居間に足が向いた。

暖炉の前でしばらく立ち止まった。焦げたような臭いに、ここで何かを燃やすことがわかった。ゴミ？　それとも寒いときに暖まるためだろうかと考え、いつかテレビで見たのを思い出した。外国の家に似たようなものがあって、焚き火みたいに燃えていた。そうか、石でできているから火事にならないんだ、と合点した。そういえば、サンタクロースも三匹の子豚の狼も、ここから入ってくるんだ。これが本物なんだ。ここなら、やっぱり本物のサンタクロースや狼が入ってくるかなあ。ちょっと怖い気がする。悦子は後ずさりして、横の壁を見た。

絵が貼ってあった。黄ばんだ画用紙にクレヨンで何か描いてある。子供の絵みたいだ。顔であることはすぐにわかった。茶色い顎に、とがった鼻と口は青、緑の髪の毛はぼさぼさだ。そして、三角の眼が赤で塗りつぶされている。まわりは黒と紺色の線が、これでもかというほどぎっしりと描かれている。

ここに住んでいるおじさん、ながもりさんの絵だ。ながもりさんの子供が、お父さんの怒っているところを描いたんだ。似てないけど、絶対そうだ。だって……。

「絵を見てるの？」

ドキッとして、悦子は危うく牛乳をこぼすところだった。戸崎弘が背中に触れるほど近くにしゃがんでいた。

「ふーん。ずいぶん前の絵だねえ。きっと、昔ここに来た子供が描いたんだろうね。何かなあ、木みたいだねえ。それとも、この山荘かな」

違う。顔よ。おじさんには見えないの？　戸崎を仰ぐと、優しそうに目を細めている。嘘はついていないみたいだ。からかっているのでもない。もう一度、絵を見た。唇を歪め、顔は意地悪そうな笑いを浮かべていた。

「えっちゃん、いらっしゃい」

母の呼び声に、悦子は弾けたように駆け戻った。床に牛乳が点々とこぼれた。陽子はコップを受け取ってテーブルに置くと、膝に抱きついた悦子の手をほどき、その濡れた指をタオルでぬぐった。

「そんなにいそいで来なくてもいいのよ」そうたしなめられる間も、悦子は母の膝から離れず、陽子の腿《もも》に顔を埋めている。

戸崎は自分のせいじゃないよと、手をかざして振った。そして、厨房から雑巾を持ってくると床の牛乳を拭きはじめた。高原良一がそれを横目に子を叱った。「悦子。自分でこぼしたんだから、自分で拭きなさい。おじさんにやらせるんじゃない」

「自分で拭けるわよねぇ」陽子が夫よりも子の味方をする。「今日はピンクのリボンにしようか」悦子の小さなおさげをちょんちょんとつまんだ。

「まあ、いいじゃない。わざとやったわけじゃないんだから」

戸崎は高原夫婦の教育方針に介入し、手早く片付けた。子の父はそれを睨んで太い息を吐き、背を向けた。

「えっちゃん、湖でボートに乗ろうか」

悦子は頭を上げ、助け船を出した中島有里のほうを見た。有里の眼は、おもしろいよと語っていた。こわくない？　母に視線を送る。

「近くに湖があるのよ。そこでね、ボートに乗れるんだって。ほら、いつか動物園の池で乗ったことがあるでしょ。パパが漕いで、三人で。えっちゃんが何歳の誕生日のときだっけ」

悦子は指で四を示した。「そうね。今日はお天気もいいし、気持ちいいわよ」

第二章　失　踪

穏やかな湖だった。夜の眺めとは一変していた。距離感がはっきりしたせいか、昨夜より湖面は狭く見えるが、歩いて周回すれば一汗かくだろう。静かだけれども強烈な陽差しに、さざ波が輝いている。

稜線の上空には、逞《たくま》しい雲が蒼天に向かって純潔を誇っていた。湖を囲むなだらかな山腹は深い緑に覆われ、こんもりとした起伏は大地の力を湛える筋肉のようだ。その防壁に護られ、N湖はこれまで侵されたことのない姿を慎み深く保っていた。

人工物といえば、一軒の店とボート、周囲をめぐる細い道、そして梢の間から垣間見えるR山荘の赤茶色の屋根、数本の電柱、その程度のものだ。キャンプ場は樹林に埋もれて、その所在すらわからない。

店の前にバスの停留所があった。緑の錆《さ》びた丸い鉄板には『K温泉行き』と表示されているが、時刻表はない。店の板壁に貼られたカレンダーの裏と覚しき紙に、マジックで時刻がふたつ〈10　16〉と書かれてある。ボールペンで〈N駅行きバスに接続〉と付け加えてあった。クルマがなければ、鉄道の駅からK温泉までバスで来て、さらに乗り継いで辿り着くわけだ。

「ひゃあ、一日二便」高原良一がわざとらしく驚いた。

「違うよ」杉野進はサングラスを額まで上げて、高原の誤りを指摘する。「月に二便だ。十日と十六日」

「嘘だろ」

「嘘だよ」杉野が先に笑い声をあげると、つられて二、三人が笑った。

「それ、マンガになかった？」中島有里がいう。

「あった、あった」杉野は笑いが後を引いているようだ。「あー、でも、結構リアリティあるよな。だって、俺たちのほか誰もいないじゃん」

確かにそうだった。ぐるりと見渡しても人影はない。

簡素な造りの店先にはトタンで屋根を葺《ふ》いた日除《よ》けがあり、テラスのようになっている。一方が湖に面し、そのままボートの桟橋につながっていた。日除けの下には大工仕事と思われる大きなテーブルが一卓、それを囲んで厚くペンキを塗られたベンチが置かれていた。店は入口の雨戸が閉まっている。

「まだ来ていないようだ」戸の隙間から中を覗《のぞ》いて、永森真也がいった。「いつもは十時のバスに合わせて店を開けるんだが。もうバスは出たのに、今日は休みかな」

一行はベンチに腰を下ろした。湖からの涼風が眠気を誘う。

「店員はバスで来るのか」星俊太郎が訊《き》く。

「いいや、自分のクルマで。カーステレオをジャカジャカ鳴らしながらね。夏休みで地元に帰ってきた学生らしい。アルバイトだよ。クルマに比べて、本人は結構地味なんだけどね。いつも暇そうに雑誌を読んでるよ」

「女の子、じゃないよな」男どもの関心事を杉野が代弁する。

「残念ながら」

「もっとも、こんな寂しいところに女の子ひとりじゃ、危ないからな」

「そうだよ。杉野みたいなのがいるから」

「あ。それは危ない」といいながら、有里が掌を合わせた。「ここに実例がいる」

「へえ、有里さんは杉野の犠牲者ってわけ」高原良一が身を乗り出す。

「そうねえ。第二の犠牲者になるかならないか」

風に流れる長い髪をかきあげ、有里は悪戯っぽい眼で杉野を睨《にら》んだ。杉野はあらぬ方に顔を向けている。

「第二？　そうすると、前の奥さんが第一の犠牲者か。やっぱり結婚は考えたほうがいいかもね」高原は有里の皮肉を真に受けて、杉野の反応を待った。

杉野はさらに顔をそらし、テーブルに置いた肘で会話を拒否している。と思いきや、だしぬけに高原に顔を近づけ、「おまえだってな、危ないもんだぜ。陽子さんにおんぶばかりしてるとな」といって、にやりとした。

「ジョーク、ジョーク」なんと答えていいかわからない高原の肩を、杉野は軽く揺さぶり、有里の視線を無視しながら、今度は星に照準を合わせた。

「子供がいない夫婦は非武装地帯がないからな。いったん小競り合いが始まれば、ミサイルぶっぱなすまでエスカレートするんだ。そうなりゃ、どっちが犠牲者かなんて、意味ねえよ。だから、結婚生活を維持するためには、暗黙の合意で鉄のカーテンを築くしかない。帝国主義の侵略も革命の輸出もしませんってな。違いますか、星先生」

「戦争と革命の二十世紀も間もなく終わる。冷戦の世界観はもう古いぜ」星はしかつめらしくいうと、煙草に火をつけた。

「ソビエト社会主義共和国連邦は、今や独立国家共同体、いや、主権国家連邦だっけ。そんなものになった。次はどんな看板になるのか知らないが、まあ、夫婦もそれに近い。その場その場でなにか共同の名目を考えだしながら、なんとか結婚生活を維持しようとするわけだが、いずれにせよ、忍耐と努力が要求される」

「そうそう。俺、忍耐とか努力とか、嫌だから。奴隷の哲学みたいのは」

杉野はそういいながら腕組みをしてベンチの背にもたれた。

「忍耐や努力をしなくても維持できる場合もある」

「なんだ」

星は、片頬に笑いを浮かべ、一服吸って間を置いた。

「愛、だよ」

「おいおい。愛情ってのは、自己愛をその本質とするんじゃなかったのか」杉野はベンチの背に腕をかけ半身になってつづけた。「自主講座で『結婚は、排他的な私有財産の一形態にすぎない』って一席ぶったのは、どこのどなたでしたっけ」

確かにそのくだりは覚えている。風でみるみる短くなってゆく煙草の灰を崩さないよう、星は静かに煙を吸った。山に来たら減らすつもりだったが、この分では無理そうだと思いながら、灰皿を探した。空き缶が錆びた番線で支柱に吊るしてあった。

「では、いい直そう」星はベンチから離れ、空き缶の縁で煙草を揉み消した。細かい灰が風に運ばれて散った。「男性と女性との関係は、他のすべての制度と同様にその属する社会の生産力と生産関係に規定される。私有財産制のもとでの婚姻においては、自己愛が別の人格である配偶者や親、子に対象化されて、夫婦愛、家族愛として疎外される。この疎外された愛によって、自己犠牲が可能となり、個人と共同体との利益相反が隠蔽《いんぺい》される。自己以外に向けられた愛は、すべてそのために外化されたものだ」

「みんなぁ、ノートとったか」杉野がそういって星に向き直り、眉間に皺を寄せながら、「で、そういうおまえが、大学を卒業するやいなや河本《かわもと》直美と結婚したのは、なぜだ」と質《ただ》すと、星は再び片頬に笑いを浮かべて杉野の頭上を仰いだ。

「そうだったなあ。星のアパートでさあ。仲間だけ集めてね」高原が妻に語る。「なんていうか、ありゃ『神田川』って感じだったよなあ」

「とんでもない。『結婚しようよ』だよ」と、星。

「うそつけ」高原は噴き出した。

柄にもなくやや硬い笑いをとった星に、挑戦的ともいえる眼差しで有里が尋ねた。

「その、直美さんも、そういう考えだったの？」

星は、直美が奨めた『第二の性』を結局、第一巻の途中までしか読んでいないことを思い出した。

「それはもっとも重要な点だ」杉野は大仰に頷き、一同を見回した。「彼と彼女は、思想においても一致していたか」

星の反応はない。杉野はいささか投げやりにいった。

「まあ、群がるライバルを蹴落として、最終的にお姫さまを勝ち取ったんだから、一致点は多かったんだろう」

「ライバルを蹴落としたって、誰のことだ。かぐや姫じゃあるまいし」星は怪訝な顔をした。

「もう時効だからいいじゃないか」

「なんのことだ」

「本当に知らないのか」

「知らんよ、そんなこと」

高原陽子は悦子を捜した。道端で草の葉をもいで遊んでいたはずだ。だが、見当たらない。ドキッとして辺りを見回した。湖！　桟橋に眼を走らせた。ピンクのリボンが見えた。ボートの脇に子供がいる。ひとりで乗ろうとしている。

「えっちゃん！」陽子の声に悦子は振り返った。そのとたん尻餅をついた。陽子はすぐさま駆け寄り、抱き起こす。「危ないわよ。落ちたらどうするの」

悦子は小さな葉っぱを握っていた。桟橋の板の隙間から下に落として遊んでいたのだった。水際までまだ距離があるので、陽子の叱責にきょとんとしている。手を引かれてベンチに座った。

「水のほうに行くんじゃないよ。溺れちゃうから。ほら、こっちへおいで」悦子は父の膝の上に抱えられた。

有里が話しかける。「えっちゃん。この湖にはね、カッパさんがいるんだって。子供を見つけると、水の底に連れてっちゃうのよ。ね、そうでしょ。永森さん」

「そうだよ。カッパのほかにも、いろいろなオバケがたくさんいるから、ひとりでどこかに行っちゃだめだよ。食べられちゃうからね」

　真顔で話す永森に悦子の表情も真剣になった。母親も父親も、そうだよといっている。人間を食べるオバケがたくさんいるんだって。どうしてそんなところに来たんだろう。大人は怖くないの……。

「ちょっとおどかしすぎじゃない。怖がっちゃってるよ」戸崎弘は小声でいって、悦子を自分に向かせた。「大丈夫だよ。みんないるし、オバケも人間が怖いから、出てこないよ。お父さんやお母さんといっしょにいれば、大丈夫。ね」

　悦子は幾分安心したようでもあったが、父の膝から離れない。話題が悦子に移ってしまったので、杉野と星は会話を中断していたが、カッパがどうのといいだされては、再開する気も失せた。杉野は、星をからかう程度のつもりで始めたのだ。それを、星があまりにも防衛線を張るから、ついつい突っ込んでしまった。有里が興味を示したので、なおさらだ。いや、興味を示すのが悪いわけではないのだが。

「いつまでもここに座っていても、しょうがない。悦子ちゃんも退屈だろう。店番が来るまでボートに乗るなり、その辺散歩するなりしようぜ」

　杉野はテーブルを掌《て》で叩き、立ち上がった。人気のない道路を眺め、湖に眼をやった。ボートで一周すれば相当時間がつぶせそうだ。桟橋に繋がれているボートは五艘《そう》あった。綱で杭に結ばれているだけだが、オールがない。

「永森、オールは店の中かな」

「店の親父さんはちゃんとしまうけど、バイトは時々サボるから、そのあたりにあるかもしれない」

永森はそういって店の裏手に消えると、用意していたかのようにオールを掲げて戻ってきた。「あった、あった。途中でアンチャンが来たら、降りてから金払えばいいさ」

「えっちゃん、おねえさんと乗ろうか」

有里が誘うと、悦子は父の膝から下りて陽子の腕に縋《すが》った。カッパが効いたようだった。湖から顔を背けている。有里は諦めて、別の同乗者を選んだ。

「戸崎さん、いっしょに乗らない？」

「いいよ」

戸崎は即座に答え、チェックの長袖シャツを腕まくりした。何食わぬ顔で永森からオールを受け取ると、さっさとボートに装着している。有里は、屈《かが》んで綱を解く戸崎の脇に立ち、背中に声をかけた。

「私、漕ごうかな」

「え、ちょっと、無理なんじゃない」戸崎は下を向いたまま、有里の白いスカートの裾に視線をずらしていった。

杉野はその様子を視野の隅に捉えつつ、悦子に笑いかけた。「えっちゃん、おじさんが漕ぐからいっしょに乗ろう。お母さんもね。おじさんは強いから、大丈夫。カッパなんか出てきたら、このオールで脳天のお皿を一発、ガーンと叩きのめしてやるからね。そうすりゃ、降参降参って逃げてっちゃうから」

「わあ、すごいねえ。じゃあ、おじさんに漕いでもらおうか。カッパなんて逃げちゃうって」悦子は眼で問いかける。「そう。オバケだって、おじさんにはかなわないって」

陽子の保証に、悦子はようやく不安な表情を解いた。

星は先程の〝かぐや姫〟がまだ脳裏にちらついているらしく、憮然と煙草をふかしていた。妻子を杉野にとられた高原は、どうする？　という表情で永森と顔を見合わせた。その間にも、二艘のボートは桟橋を離れて遠ざかっていく。

「悦子は、どうも母親べったりでね。一人っ子だからかなあ」と高原。

「母、に勝てるものはいないさ」永森が慰めるようにいう。

「甘やかしすぎなのかもしれない。こちらが意を汲んでやったら、ますます言葉を話さなくなると思うんだ。それをいうと、怒る」

「陽子さんが？」

「うん。何かのきっかけがあれば、話せるんだと。甘やかしはそのきっかけを奪ってるんじゃないかといっても、ダメなんだ。きっかけをつくって無理にいわせるのではなくて、自分から話しだすのを待たなきゃいけない、とね」

　永森は腕組みをしていう。

「難しいな。昨日も話したかもしれないけど、何日も言葉を発声しないと、口を開くタイミングとか声の適当なボリュームを忘れてしまいそうになる。そして、突拍子もないことを口走るんじゃないかと、いよいよ寡黙になっていくんだな。それとね、人間は話しているときは注意力が落ちるから、相手の細かい表情まで読みとれない。普通はね。ところが、話を聞いているときは、かなり深いところまで相手を観察できる。銃眼から敵を撃つようなものだ。実際、口数の多い人間は観察力が劣る。これは、独断かな。もっとも人間は、意識下では膨大な情報を未整理のまま保存しているらしいから、その結果をどこまで意識化できるかという問題かもね。悦子ちゃんはどう？」

「そうだなあ。嘘はつけないな。すぐ見破られる」高原は苦笑を星に向けた。

「星のところは、結局、ノーキッズか」

「ああ。たぶんな」

　進路を塞いでいた霧が、別の霧に吹き払われても、やはり行方は見えない。それでも、気分は変えることはできる。「これから産むんじゃや、超高齢出産だぜ。もう、諦めているだろう」

「ということは、欲しくなかったというわけでもないわけか」

「はは」星は腕組みをして頷いた。「二重否定ってのは、こういう場合、いい語法だな。ま、若い頃に考えていた以上に、人生には紆余曲折があるらしい」

「うまくいってるのか」

「〝すれ違い〟も、対立を激化させない有効な方法だ」冗談だけともいえない口調だった。

「杉野も紆余曲折ではひけをとらないみたいだね」永森がいった。

三人は湖面を眺めた。

先行する戸崎・中島組を、杉野はむきになって追っていた。有里が肩越しに手を振る。悦子が大きく、陽子が小さく手を振った。杉野は頻繁に首をねじ曲げ目標との距離を計りながら、オールを水に食い込ませるように懸命に漕ぐ。時折、水を掴《つか》みそこねて飛沫《しぶき》が上がった。光る滴が悦子の腕にかかる。冷たい感触に口を嬉しそうに大きく開けた。快い速さで水面《みなも》が目の前を流れてゆく。澄んだ湖水をかい潜るオールの先が、間近に見える。眼を凝らせば深い水底まで見通せそうだった。

「あ、魚」陽子が湖面を指差した。だが、悦子には一瞬の魚影がわからない。いつまでもその辺りを見つめている。

「ほら、そこ」また別のところを指差されても、そこには滑らかな水面しかない。魚が顔を出すのかな、悦子は船端に指をかけ、そっと水中を覗き込んだ。水の下でやはり悦子がこちらを覗き込んでいる。手を伸ばし水に触れた。流れの速さに弾き返される。何度か繰り返すうち、大胆に手首まで入れてみた。とたんに指を摑まれた。驚いて引っ込める。ボートの下を黒いものが横切った。

「お魚、いたかな」額に汗を浮かべた杉野が漕ぐ手を緩め、水の中を覗いた。「でかいのがいそうだな」

有里のボートに眼をやる。距離は縮まらない。競争のつもりで漕いでいるか、戸崎は。杉野はオールから手を離した。ハンカチで汗を拭う。照り返しが眩《まぶ》しい。水上とはいえ、さすがに日陰のほうが涼しかった。かなり遠くなってしまった店のベンチに、三人がのんびりと座っている。

ドン、とボートの底に何かが当たった。悦子が怯えて陽子の膝に跳び込んだ。ボートは左右に大きく揺れた。生臭い風がボートを包んだ。船の腹が水面を打った。

「立っちゃダメ!」

陽子が叫ぶ。木造のボートは泣くように軋《きし》む。杉野は姿勢を低くしてオールを横に張り出し、なんとか揺れを止めようとした。陽子は片手で悦子を抱きしめ、振り落とされないように船端を摑んだ……。

有里はボートが滑り出してから悦子に手を振るまで黙っていたが、それを機に口を開いた。

「戸崎さんはあまりしゃべらないのね」

「え？」確かに何をしゃべっていいかわからない。「どちらかといえば、そうかな」

「結婚はしないの」

「結婚？」不敵な正面攻撃に、何と答えてよいか戸惑った。あいにく軽口で身をかわす術を、戸崎は備えていない。そう、逆に尋ねたいくらいだ。なぜ結婚するのか、と。どうして、みんな軽々と結婚できるのか、と。

が、有里はすでに自分の質問を忘れたかのように景色を眺めている。戸崎も同じ景色を眺めながら話題を探した。

「陽水の『人生が二度あれば』って知ってる？」

「陽水って、井上陽水のこと？　曲はあまり知らない」

「父と母が家族のために必死に働いてきて、気がつくとおじいさん、おばあさんになっている。ああ、人生が二度あれば、という歌なんだけど」

「ははっ、演歌みたい」

「昔の日本人は悲しい歌が好きだった」

「で、それが？」

「うん。要するに、昔聞いたときは親のことだったけど、最近は、もし自分の人生が二度あれば、なんて、考えることがある」

「ふーん」

「このあいだね、学生時代の夢を見ていたんだ。目覚めたときには、自分がまだ学生だと思っている。でも、すぐに自分の歳を思い出して、別の悪夢を見ているような気がした。一秒間に、二十も歳をとってしまったような。夢のほうが現実だったらなあ、って」

「学生時代の夢って、どんな夢？」

「え……」戸崎は不意をつかれたように、オールを漕ぐ手を止めた。

「私は、夢って好きじゃない」有里は立てた膝に頬杖をついて湖岸に視線を流した。そして、夢の話を打ち切るかのように次の質問を発した。「星さんの奥さん、直美さんだっけ？ どんな人なの」

「……星に、相応《ふさわ》しいんじゃないかな」

「逆は？」

「逆、って……」

戸崎は、逆の意味がわからなかった。しょせんこの世代の男はこうなんだと一瞬で見切りをつけ、有里は話題を転じた。

「私ねぇ、はっきりしないことをいわれると、不機嫌になってしまうんだ。嫌なんだ、曖昧なのが」

そういって腕を伸ばし、水を掬《すく》って風に散らした。宙に舞う水滴の輝きと二の腕の白さが、戸崎の眼に染みた。

ふと、杉野のボートを見ると、今にも転覆しそうな勢いで揺れている。「大変だ」慌てて向きを変え、力任せに漕いだ。

「危ない」有里が叫ぶ。振り向くと陽子の顔が引きつっているのがわかった。

「なに、あれ」有里が気色悪そうに声をあげた。戸崎は漕ぎながら有里の指差す方を眼で追った。陽子の背後の水面に黒い何かが浮かびつつあった。不快な光沢は、濡れた黒髪にも、あるいは密集して蠢《うごめ》く藻にも見えた。それは徐々に船尾に近づいている。毛虫のような悪寒が背中を這い廻った。

「気をつけてえ」有里は声を振り絞って呼びかけた。「うしろ、うしろ」

陽子は聞こえないのか、意味がわからないのか、悦子を抱えたまま船底に視線をさまよわせている。もう一度叫ぼうとして、水面を見ると、もはや異物の姿は消えていた。ボートの揺れは嘘のように収まっていた。

店に残った三人は、ちょうど品物選びを始めたところだった。やっと現れた店番は、野菜を積んでいたので遅くなったと言い訳しながら、トランクから段ボール箱を店に運び込んだ。なるほど、穫れたてらしく新鮮だった。これなら陽子も満足するだろうと高原良一が湖に眼をやると、二艘のボートが寄り添うように並んでこちらに向かっている。

桟橋に立って悦子に手を振った。が、母にしがみついたままで手を振り返さない。カッパやオバケの話を苦々しく思いながらもまた、一抹の煩わしさが胸を掠《かす》めた。ボートが近づき、接岸するため横向きになった。中島有里も戸崎弘も表情が曇っている。杉野進はやれやれといった面持ちで綱を高原良一に放り、悦子と陽子が上がるのを待った。高原は娘を受け取って抱きかかえ、妻が桟橋に乗り移るのを支えた。次いで有里に手を貸した。

「どうしたの、大丈夫？」問いかけると有里は湖面を見返り、ものもいわずにテラスのベンチに腰を下ろした。高原は悦子を抱いたまま陽子に説明を求めた。

「ボートが急に揺れたのよ。ひっくり返ると思った。びっくりしたわねえ」

陽子は濡れたジーンズを拭きながら答えた。高原が杉野を見る。杉野は、アクシデントの名残りのような大声でいった。

「ボートが何かにぶつかったんだ。ゴン、と鈍い感じがして揺れた。で、慌ててお母さんの膝に跳び乗ったんだよ」

「そうだったかしら」

「うん。ネッシーでもいたんじゃないか」杉野はそういうと、足早に有里に歩み寄った。

「ネッシー？」高原は杉野の背に投げ返す。それを戸崎が低い声で引き取る。

「確かに何かいたようだ。見えた」

「見えた……何が」

「わからない」

「魚か」

戸崎は眉をしかめ湖の一点を見つめた。「だとは思うけど……」

杉野は有里の隣に座り、慰めるように小声で話している。高原は悦子を母親にあずけ、店から出てきた永森真也を呼んだ。

「この湖には、大きな魚でもいるのかな」

「さあ」永森は首をかしげた。「鯉《こい》とか鯰《なまず》なんかはいるんじゃないの。釣っているのはあまり見かけないけど」

「もっと大型のは」戸崎が訊いた。

「大型といっても、まあ、この程度の湖だからねえ。晩飯のオカズか？」

「いや。ボートにぶつかってきたらしい。しかも相当でかいヤツが」

高原が両手を広げて身振りで示すと、永森は表情を崩した。

「逃した魚は大きいってわけだな。それとも、ひょっとしてN湖の主かもね。鯉だって一メートル以上になるし、歳をくえば、人間にも化けるからなあ。きっと、挨拶がないとお怒りになったんだ」

結論ならぬ結論を出されて、高原は話をやめた。悦子はベンチに座り、陽子に与えられたジュースを飲んでいる。まだ怯えているか気掛かりだったが、様子からすればやっと落ち着いたようだった。悦子用の献立を陽子と相談するため店に戻った。永森もつづいた。戸崎も行こうとしたが、体の向きとは反対に、湖面から容易に眼が離れなかった。


少ない品数からの買い物を終えた一同は、三々五々山荘への道を歩いた。揺らめく蒸気の彼方に、対岸の濃い緑と柔らかな山並みが望める。湖畔の立木は豊かに葉を繁らせ、濃い樹影が爽快な風に揺れる。道沿いには小さな湿原が点在し、可憐な花が湿地を覆う草の合間に仄《ほの》見える。この得がたい風景の中で、みな寡黙だった。

有里はサンダルで歩きにくいのだろう、次第に遅れていく。それに合わせる杉野の歩みは叱られた子供のように緩慢だった。先を行く六人の姿は木立の陰に隠れた。トンボが道案内をするように入れかわり立ちかわり、二人の目の前に現れては、しばらく見慣れぬ動物に興味を示し、ふいと去っていく。有里の肩に一匹止まった。翅《はね》を休め、茜色の尾を上下させている。杉野が手を伸ばしかけると、有里は微かな身振りでそれを制した。トンボは巨大な複眼で二人を見守った。

「さっきの話だけど」杉野がいった。

「さっきの話って」有里は肩から上を動かさず、小さな声で聞き返した。

「うん。……結婚のこと」ためらいを断ち切るように杉野はつづける。「俺はいいんだぜ。どっちでも。どうしてもというわけじゃない」

「どうして。バツイチだから?」

「それもあるけど。いや、それは三番目か四番目の理由だ。第一には、有里の気持ちを尊重する。俺は一歩退いてもいい」

「退く? どっちでもいいというわけ」

「違うよ。有里が決めるまで俺は待っている」

「まるでテレビドラマだね」有里は前を向いたまま、むしろ優しげな口調でいった。

「キミのためなら、オレはいくら傷ついてもかまわない。だからオレの誠実さに応えろ、って。結局、押しつけなのよ。自分が一番傷つかないやり方。本心は、どうでもいいんだ。自分が守れるなら」

「俺がどうでもいいと思ってると?」

「だって、私に決めさせるのは、ずるいと思わない?」トンボが飛び立った。「私が結婚したいといえば、結婚する。結婚したくないといえば、結婚しない。そんなことをいってる人と結婚したいなんて思う？　それで私の気持ちを尊重しているつもりなの？」

「だから、今のままがよければ、俺はなんにもいわないよ」

「じゃ、別れるっていったら」

有里は顎《あご》を上げ、涼しい顔でいった。杉野は突然の台詞に歩調が崩れ、靴の中に小石が入った。片足になって取り出し、大股で追った。有里は振り向かない。四、五歩で追いつき、有里の横顔を斜めに見ながらいった。

「別れたくはないが、それも選択のひとつだろう。別れようというのを、無理に引き止めることはできない。無理が出てくれば修羅場だよ。あれは、もう御免だ」

「やっぱりそうなんだ。全部、私に被せてくるのね」

「違うよ。有里にとって一番いい方法が、二人にとってもそうなんだ」

「それなら、あなたは何なのよ。やっぱり、どうでもいいんじゃない」

杉野はサングラスを外し、有里に向き合った。

「俺はね、絶対に、二度と同じ過ちは繰り返さない。そういう危険があれば、そこには近づかない。うまくやりたいんだ」

「そう」

有里は歩くのをやめ、その場に足を揃えて立ち止まった。流れてきた雲が陽を遮り、冷たい風が草の上を通り過ぎた。木の葉がざわざわと震えた。

「じゃ、ここで別れましょう。先に行って」

杉野は有里の前に廻って、表情を窺《うかが》った。翳《かげ》ってはいるが、気が立っているようでもない。杉野を見据える目は乾いている。心持ち突き出た唇が愛らしかった。ここで抱きしめればいいのか、と計算してみたが、そうはさせない何かを感じて眼をそらした。

「先に行って」再び有里が促す。瞳が緑を映した。

「山荘で待ってるよ」杉野は二歩進んでから、前を見たままそういった。道が折れる手前で振り返った。有里はその場所から一歩も動かず、胸を両腕で抱くようにして佇《たたず》んでいる。髪が風にはらはらと靡《なび》いた。杉野はその姿に、風景に融けてしまいそうな心細さを覚えた。

一時間たっても中島有里は戻らなかった。

昼食の支度はできていた。些細な行き違いで機嫌を損ねただけだと高を括っていた杉野進は、次第に会話が上の空になっていく。幾度か途中まで迎えに出ようかと思いつつも、先に行けといわれた以上、多少の意地が頭をもたげた。しかも、事情を話していないから、ほかの者は道草を食っているくらいに考えているらしく、遅い理由を詮索はしない。できれば、このままトラブルは隠したかった。笑顔で迎えれば、あいつも笑みを返すに違いない。そうすれば、もつれた糸も簡単に解けるだろう。

しかし、有里を待ちながらの雑談も、そろそろ空腹をごまかす種が尽きてきた。次第に行方を訝《いぶか》る声が多くなる。杉野も調子を合わさざるをえない。それも苦痛になった。どこかで有里が助けを求めているのではないか、すぐに帰ってこないで、途中で待っていればよかった。胸騒ぎがする。きっかけが欲しかった。

「迷ったのかなあ」戸崎弘が窓を開け、窓台に肘をついて道のほうを覗いた。「迷うほどの道じゃないけど。ちょっと迎えにいってこようか」

「いや、いい。俺が捜してくる。みんなは先に食べててくれ。どこかで花でも摘んでいるんだろう。はは」

杉野はそういうと、責任をとるといった足取りで玄関に向かった。気は急くが、慌ててはいけない。仕方ない風を装った。どことなく大儀そうに外に出た杉野の、前庭で空を仰ぐしかめ面が、窓際の戸崎に見えた。快晴はわずかな時間で曇天に変じていた。

「何かあったのかなあ」戸崎は足早に出てゆく杉野を窓辺から見送り、独りごちた。

星俊太郎が区切りをつけるようにいった。「さあ。それでは食べることにしよう。

ん。永森は?」

「ボイラーの調子が悪いとかで、さっき点検に行ったけど」高原良一が悦子を食卓に着かせながら答えた。

「呼んでこよう」星はホールに出ようとして扉を開けた。

と、永森真也はそこにいた。機械の調整に手間取ったのか、一仕事終えたように長い息を吐いて星の脇をすり抜けようとした。「もういいのか、ボイラーは」と、星は永森の横顔に問いかけた。永森は二、三歩過ぎてから立ち止まった。背中が汗ばんでいる。濡れたシャツが、盛り上がった筋肉に緩んだ皮膚のように密着していた。トレーニングでもしているのだろうかと、星は意外な感がした。

「ああ。心配いらない」永森は背を向けたまま、答えた。

「どこか壊れたのか。修理するなら手伝うぜ」

「いや、結構だ」

顎が肩に乗るほど永森はぐっと首を曲げ、抑揚のない声で拒んだ。操作を教えると語った昨夜とは裏腹に、部外者は黙っていろといわんばかりの語調だった。古城を守る老執事、か。城のことなら主人よりよく知っている。その昔気質の執事にとって、俺たちはひょっとして招かれざる客なのか。しかし、永森、おまえが呼んだんだ。おまえが俺にみんなを集めてくれと頼んだんじゃないか……。星は傾いてゆく心を平衡に戻すため、喉の力を緩めていった。「さあ。メシにしよう」

今度は星が永森の脇を通り過ぎる。永森は食卓に着こうとする星の肩越しに質した。

「杉野は」

「中島さんを捜しにいったよ。いくらなんでも遅すぎるからね」戸崎が答えた。

「ふうん」永森は見透かしたように頷いた。「夫婦喧嘩か。もっとも正式な夫婦ではないけどね」そういって、小鼻をひくつかせた。

「そうなのか」星が振り向いた。「喧嘩したのか、あの二人。いつ。帰る途中でか」

「いつって、わからなかったのかい。ボート、いっしょに乗らなかったろう。あのあたりから雲行きがおかしかったじゃないか」星の鈍感を嘲《あざけ》るようにいって、永森は陽子の真向かいの椅子の背に両手を掛け、彼女の目を覗き込んだ。「ね、そんな感じしたでしょ?」

内心そうかもしれないと案じていた陽子は、けれども星に遠慮してはっきりとは肯定できない。それに普段の二人の様子も知らない。誘導するような訊き方も押し付けがましかった。素直に答えるのはどこか悔しい。ためらう陽子を興味深そうな眼で、まだ永森は眺めている。

「ねえ、どうだった」陽子は回答を夫にあずけた。

「そうだなあ」良一は頭の後ろで手を組み、思い出すようなポーズをとったまま黙ってしまった。陽子は義務を果たしたつもりで視線を上げた。二人の問題は二人に任せるしかないじゃないの、と。仲裁するほどの関係でもない。が、永森は陽子を見つづけていた。

「ま、男女間のもめ事には介入できないか。二人の問題だからね」永森は口許に皮肉な笑いを浮かべた。

「そうそう。男と女の間には、ってやつだよ」高原良一は組んでいた手を解いた。

「でも、それほど深刻そうには見えなかったけど」戸崎が不服気味にいった。

「うん。俺にもそうは見えなかった」星も同調する。

「どうも、君たちは注意力散漫だなあ」永森は椅子を引いて横向きに座った。生徒を断罪する教師のように戸崎と星を交互に斜瞥《しゃべつ》する。「自分のことばかり考えてるから気がつかないんだ。だいたい、戸崎にも責任の一端はあるんだよ。彼女とボートに乗ったとき、杉野は結構カチンときていた」

「あれは彼女が乗ろうといいだしたんだ」

「そう。誘われたから、か」

「……」

「ボートに乗ったくらいで」星が口を挟む。「中学生じゃあるまいし。杉野がそんなこと気にするはずがない。原因はほかにあるんだろう」

「そうでもないよ。ボートとオールの形、その関係は実に見事な象徴だ。恋人たちにとって、ボートを漕ぐことは、アレと同じなんだよ。精神的には」

「セックスの象徴だというのか。は。大した精神分析だよ」

「子供がいるんだから、そのくらいにしてくれよ」高原がやや声を荒らげていった。

陽子は夫に目配せしたことを、永森に悟られないよう俯《うつむ》き、行儀良く座っている悦子に小声で語りかけた。だが、永森は意に介さずつづけた。

「こういう小説があったな。主人公の男が、出世の妨げになる自分の子を妊娠した女を殺そうと決意する。人気のない沼に誘い、ボートに乗るんだ。女は泳げない。男はオールで女の頭を殴り、転覆させる。そして主人公はひとり岸に泳ぎ着く。関係を清算するのにまったくもって相応しい卑劣な方法じゃないか」

「それならそれでいい。象徴だっていいよ。だからなんだというんだ。どうして、戸崎が喧嘩の責任を負わなけりゃならないんだ。よしんば杉野が腹を立てたにしろ、戸崎に断る理由なんてない」

「ははっ。冗談だよ。しかし」

　永森はいったん下を向いて言葉を切ったあと、再び星を見据えていった。

「どうしても首を縦に振らない直美さんの代わりに、中島有里さんを渋々オーケーさせて連れてきたのは、星。君だろう」

女性一人では陽子さんが来づらいだろうから、と喉元まで出かかったが、それは呑み込み、星は無理に平静な顔をつくった。反射的に胃が重くなる。まるで特別に伝達力が優れた神経が、胃に集中して発達してしまったかのようだ。山に来てまで消化器にこういう負担をかけるとは思わなかった。

「ほう。連れてきちゃいけなかったのか。それとも、俺にも責任があるっていうのか」

「僕は彼女を呼んでない。君が選んだんだ」永森は冷やかにいった。

こめかみで熱いものが膨れた。視界が暗くなった。「だから。それがなんの関係があるっていうんだ。おまえ、一体……」

「おい」高原が抑え気味ながらも太い声で制止した。「もういい加減にしろよ。人間、腹が減ると怒りっぽくなるんだから。ホラ、悦子だってびっくりしてる」

永森は高原親子に視線を流した。うるさいからやめろと申し向ける、三人並んだその姿は、ファミリーレストランで注文をとりにくるウェイトレスをじっと待っている家族だ。隣のテーブルの騒ぎに関わりをもたない三尊像。家庭の平穏が一番。

「悦子ちゃんのお父さんとお母さんは喧嘩しない？　二人とも優しいかな」永森は掌を返したように穏やかにいった。高原良一は、話題を転換すべく語った。

「両親の不和は子供を凄く傷つけるというけど、この子はね、どちらかがちょっとでも大声を出すと、こう」高原は両手を耳に当てた。「耳を塞《ふさ》いで、じっと見つめるんだ。別に喧嘩してるわけじゃないのに、つい声が高くなるときがあるだろう。それでも、こう」高原は繰り返す。「だよ。でも、じっとしているだけだから、気づかないといつまでもそうしている。こちらから説明するなり、謝るなりしないとやめないんだ。ハンストみたいなもんだね。むしろこのほうが、ズシッとくるよ。反省を迫られる」

永森は悦子に笑いかけた。「お待たせしちゃったね。お腹空いたでしょう。二人はまだ戻ってこないから、先に食べようね」

悦子には不思議だった。大人たちはおねえさんが帰ってこないと心配している。そのことでいらいらして、文句をいいあってさえいる。すぎのさんは外へさがしにでかけた。みんなも外にいるだろうと思っている。でも、外にはいない。もうこのお家に帰ってきている気がする。どのお部屋にいるのかは知らないけど。大人たちにはわからないのかな。さがすのなら外じゃなくて、みんなのいるところ。そうだ。ママが読んでくれたお話。なんだっけ、あのお話。ええと、シンデレラじゃなくて、眠り姫。王子さまが助けるの。悪いのはあの魔女なんだ。お城に呼ばれなかったから、意地悪したの。

食事の後しばらくして杉野が戻ってきた。杉野は靴も脱がず玄関に立ったまま永森を呼んだ。星もついて出た。表情から見つからなかったことは明らかだった。結果を問われる前に、杉野は永森にスクーターを貸してくれるよう頼んだ。

「さっき歩いた道にはいない。湖を一周してみる。サンダルだから山には登らないだろう。きっと水辺にいる」

「店まで行ってみたのか」星が訊く。

「ああ。バスは、次は四時だったよな」杉野は腕時計で時刻を確かめた。

「バス？　バスで帰ってしまうかもしれないということか。荷物も置いたままで」

杉野はそっぽを向いて答えない。星は呆れたように黙っているその横顔を眺めた。

「いいから、キーを貸してくれ」

「ちょっと待てよ」星は遮《さえぎ》るつもりはなかった。しかし、声には咎《とが》める色があった。手を伸ばした二人は同時に、狭い歩道上で無法な自転車に押し退けられた歩行者の如く、介入者を睨んだ。軽い金属片は、杉野の掌の上数センチで停まりブラブラと二、三度揺れてから、重力にしたがって落ちた。星は握られた杉野の拳を眼で追いながら、声を変えた。

「いや。詮索するわけではないんだ。みんな心配しているから」

「そうだな」杉野はキーを小さく宙に放って摑み直した。「帰ってきてから、おいおい話す。とにかく捜してからだ」そういってスクーターの所在を尋ねた。永森が先導し、二人は玄関から出ていった。

食堂に戻るなり高原が事情を訊いた。「どうしたって？　やっぱり喧嘩したのか」

「らしいな。スクーターで捜しにいくんだと」

「シリアスな話になりそうか」

「どうかな。杉野にしては結構マジな顔してたが。四時のバスで帰ってしまうんじゃないかというくらいだから」

「中島さんが？」戸崎が調子外れの声をあげた。

その時、玄関先からせわしない空ぶかしが聞こえた。無理矢理燃焼させられる原動機の音は、杉野の内心をよく代弁しているように思えた。

戸崎が窓から首を出すと、杉野は、今はもう街では見かけない数世代前のモデルに跨《また》がり、しきりに右手のアクセルを回している。表情は、これまたレトロなヘルメットの翳になって読み取れない。ポロシャツの襟を立てた杉野はこちらに気づき左手を挙げた。遠い昔にもこんなことがあったなと記憶の下層で囁くものがあった。が、思い出すには至らない。つづいて高原も窓から覗いた。その後ろから星も。杉野は地面の凹凸に注意しながら発進した。三人の旧友に見送られ、鈍い黄色のスクーターは特有の排気臭を残して道を下っていった。姿が消えてもエンジン音がしばらく聞こえた。

空は一段と暗くなっていた。薄墨色の雲が低く流れ、冷気が降りてきた。倦怠の午後を素通りして憂愁の暮方がドアをノックしていた。

「こんなところでヘルメット被らなくてもいいのにな」高原は窓辺から離れ、一人で笑った。「でも、あいつメット好きだったからなあ。覚えてるか」

杉野は工事現場から失敬してくるのが得意だった。いっぺんにやるとヤバイから。そういって少しずつ調達してきた。それでパクられたらバカらしいぞと注意しても、いいからいいからとやめなかった。使い古しのヘルメットは顎紐《ひも》がよれ、内側には汗の匂いが染みついていた。これがいいんだよ。杉野は強調した。

「月光仮面」戸崎が質問を待っていたかのように答えた。「ここに三日月だ」親指と人指し指で半円を描き、額の上にかざした。「サングラスにタオルで覆面して、どうだって自慢していた」

「杉野はそういうの好きだったな。会の旗をつくろうといったり。そしたら、星に反対されて」

「俺は別に反対したわけじゃない。何の目的で、って訊いたんだ」

「とにかくつくるんだって、もってきたのが『七人の侍』みたいなやつでさあ」

「あれはケッサクだったな。菊千代役は誰だという話になって」星も笑い出した。

「そうそう、それでさあ……」

懐古談の幕が上がった。

薄ら寒い風が流れ込んできた。いよいよ泣きだしそうな空模様だ。低い灰色の空のそこかしこに鋭い梢が突き刺さっている。遠くの森は霞んで色を失った。霧が巻いてきたらしい。戸崎は静かに窓を閉めた。

永森が太い薪を抱えて入ってきた。


悦子は、家から持ってきた画用紙に水彩絵の具でお絵描きしている。陽子も隣で同じ絵の具を使って描いていた。男四人は暖炉の前に陣取り、トランプで遊んでいる。それを含めて、この部屋の様子をスケッチし、彩色している最中だ。

外光が頼りないので、明暗がぼやけてしまい立体感が出ない。いっそ光源が電球だけなら光と翳をうまく利用できる。ここなら奥行きのある暗さと、たとえば蝋燭《ろうそく》の光に浮かぶ人物とのコントラストがうまく描けるかもしれない。『大工聖ヨセフ』の鮮烈な対比のように。でも、子供用の透明水彩では無理だ。カンバスにたっぷりと塗り込める油彩でなければ。今はできないけど、そのうち、きっと。

筆を置いて、もう一度よく室内を眺めた。

遠近感が出ない。陰影のせいばかりではないような気がする。柱と梁《はり》、床と壁、それらと窓枠の関係を点検しても、きっちり一点透視した画面に歪みはない、はずだ。それにしては、描かれた室内は狭すぎる。ヘタだからといわれてしまえばそれきりだが、相当誇張して描いても、肉眼で捉えた空間の広がりには及びそうもない。暖炉の前の人物、このちょっと怠惰な四人組との距離は、画面上では数歩のところにいる。ところが目を上げると、川向こうにでもいるように遠くに見える。まるで特殊なレンズで撮影した映画を観ているみたいだ。それとも、部屋全体が舞台装置のように遠近法を逆用した造りになっているのだろうか。まさか。たぶん透視線がどこかずれている。学生時代にあれほど熱中したのに、普段から描いていないと、やっぱり腕が落ちる……。

明暗法も遠近法も関係なく制作に集中できる理想的な絵描き、悦子は、けれども別のスランプに陥っていた。ウサギさんはもう何匹もいるし、お花だってお花畑ができるくらい咲いている。次は、ママとパパとえつこが手をつないでいるところ。これも得意中の得意だ。最初にえつこを、そして両脇に二人を描いた。横に「えつこ」「まま」「ぱぱ」と書き入れれば出来上がり。ひらがなはぜんぶ書けるんだから。カタカナだって、たくさん。そうしようとして、絵を見直した。そこで首をひねった。ママの顔はなんだか泣いているようだ。パパの顔は痛がっている。失敗。悦子は二人の顔を塗り潰し、母から新しい紙をもらった。

ていねいに描きあげた。パパのメガネだって、ちゃんと大きさがそろっている。お仕事に行くときみたいにネクタイもつけてあげた。ママにはネックレスとリボンも。

筆をすすいで赤の絵の具をといた。リボンは赤くしてあげよう。あれ、また。ママは泣いているし、パパはけがしたみたい。おでこから血を流している。手はつないだはずなのに、離れちゃってる。それに、えつこは目をつぶっている。ぱっちりと描いたのに。

悦子は半ベソをかいて陽子を見上げた。

悦子の手が止まったので、陽子は絵に眼をやった。「上手にできたじゃない」

クレヨンよりも筆のほうが柔らかい。表現が豊かだ。色が混じったり、滲んだりするのはやむを得ない。むしろ、むらやかすれが味わいになる。子供の絵は、だからいい。

「お家にもって帰ろうね」語りかけて、陽子は悦子の悲しげな表情に気づいた。「どうしたの。よく描けてるよ。疲れちゃったのかな。ちょっと休もうか」

悦子は絵を向こうに押しやった。そう、芸術家は気難しい。男たちがささやかにどよめいた。勝負がついたらしい。陽子はゆっくり伸びをした。「ねえ、お茶にしませんか」

高原良一が空返事をする。

——負けたやつがお茶淹《い》れるのな、じゃあそれでチャラだぞ、ワンゲームだけだぜ、よーし……。

男たちは、もう一勝負やるようだ。女子供には見向きもせずにカードを配りはじめた。どっちが子供よ。陽子は湯を沸かしに厨房へ行った。

悦子は足をすぼめた。いきなりおしっこがしたくなった。一人で行くのは怖いけど、パパやママを呼んでくる余裕はない。椅子から飛び降り、小走りにホールへ出た。外でしちゃおうか。でも外も怖い。誰もいないもの。そのままホールを突っ切り、『御婦人』と記された小さな白い陶器が打ちつけてある便所の戸を開けた。朝、ママに教わった。ごふじん、って読むんだ。おとこは、とのがた。戸は閉めずに、いちばん手前の個室に駆け込んだ。こっちも戸は開けたままにした。水が出ないトイレは初めてじゃないけど、ここは薄暗いし、下に落っこちそうだ。それでも思い切って跨《また》ぎ、パンツをおろしてしゃがんだ。間にあった。

ほっとしたとたん、悦子は胸が苦しくなった。どこだろう。何かいる。しゃがんだ姿勢のまま、首を回した。壁しか見えない。開けた戸からふうっと風が入ってきた。奥だ。仕切りの向こうだ。隣から板壁一枚を隔ててじっとこちらを見ている……悦子は感じた。

と同時に、跳び上がり、一目散に逃げだした。動物のようなうなり声をあげ、追いかけてくるような気がしたが、振り返ることなんてできない。足がもつれる。こんなに遠かったっけ。

高原は突然、ぶつかるような勢いで悦子に抱きつかれ、カードを取り落とした。「おっと。どうしたの」といいながら、素早く拾う。「そうら。子供をほっぽりだして、だめなパパだな」と永森がからかうと、「そうだ、そうだ」と星は一枚引いて床に叩きつけた。

「ほら。上がった」

陽子が居間に戻ると、悦子は父親の脇腹に頭を突っ込んでいる。母には子の怯えがわかった。高原はそれに気づかない。手持ちの札のどれを捨てようか思案している。陽子は床に膝をついて悦子を引き寄せた。「えっちゃん。大丈夫よ。こっちいらっしゃい」

悦子はいやいやをしながら陽子の下腹に顔を埋めた。

陽子は山荘に来て初めて厭《いや》な気分になった。いや、初めてではない。やっと、自覚したのだ。それは、見えないところで陰険にとぐろを巻いている。邪悪なものを潜ませて。でも、それが何であるか、わからない。我が子を抱きしめた。すると、悦子の温かさが逆に陽子を宥めた。

悦子が産まれて間もなく、実家の父がぐっすり眠る孫に目を細めてこういった。

こどもは神サンだ、なあ。

そして紅い頬にごつい指で触り、珍しく声を立てて笑ったのだった。まったく無力な乳児がなぜ神様なのか、そのときはよくわからなかった。神サンとは、この温かさなのだろうか……。

勝者の雄叫び、敗者の恨み節とともに、ゲームは終了した。永森が負けたようだ。途中の手をしきりに後悔しながら、カードを集めている。

「さあて。何を飲みますか、みなさん。コーヒー、紅茶、緑茶にミルク。お好きなものをどうぞ。敗者が淹れてさしあげましょう」

「俺、紅茶」勝った星は当然の権利を主張するように注文した。

「ほかには？　じゃあ、紅茶でいいね。ミルクティーにしよう。お子様にはホットミルクを」陽子に微笑んで永森は厨房に消えた。

「あら、えっちゃん、赤ちゃんになっちゃったのかな」と背中をさする陽子に、悦子は恐る恐るホールへのドアを指さした。悦子を夫に預け、調べに行こうと立ち上がった。するとジーンズの裾を摑んで離さない。行くな、と首を振った。安心させるように一度頷き、及び腰でホールに出た。

冷え冷えとした空気に思わず身を固くする。床がぼうっと光っていた。視線を伸ばすと突き当たりの戸が半開きになっている。トイレだ。悦子はひとりでトイレに行ったのだ。大人だって気味が悪いのだから、影でも見間違えて怯《とって》えるのも無理はない。むしろひとりで行けたことを誉めてやらなくちゃ。陽子は把手に手をかけた。中が見えた。個室の戸も開けっ放しだ。

一歩踏み込もうとして、足が止まった。声が聞こえる？　唸るような。そんなこと。耳を澄ます。聞こえない。でも、体は動かなかった。入りがたい何かがあった。陽子は大胆を装った仕種で戸を閉め、スリッパを鳴らして食堂に戻った。

暖炉の火に生き返る心地がした。高原良一と悦子はクッションを敷いて床に座り、戸崎弘は長袖を腕まくりしたままスツールに腰掛け、それぞれカップを口に運んでいる。昇る湯気が陽子を誘う。星俊太郎はひとり離れ、窓際で煙草を吸っていた。永森真也は暖炉の脇に立ち、陽子が悦子の隣に腰を下ろすのを見計らって、熱い紅茶を差し出した。陽子は礼をいって両手でソーサーを受け取った。

「中島さんは、本当に帰ってしまうのかな」戸崎がいった。それから慌てて余韻を消すように紅茶を啜った。

「さあ」高原はカップに視線を落としていった。「杉野は女運に恵まれないのかもね」

「そうとも。ここで女運に恵まれてるのは、どうやら高原だけらしいぞ」

永森が星を盗み見ながらいった。星は聞こえないふりをしている。

陽子は、やにわに有里を弁護したくなった。これまでの男たちの発言が不当に非難がましく思えてきた。男特有の陰湿な嫉妬じゃないの、陽子は反発が言葉となって心に現れたことに、自分でも驚いた。しかし、たちまち自制心がそれを胸の底に沈める。

「女っていうのは、女であることがどうしようもなく重荷になってくる時期があるのよ。子供の頃が、まだ女を考えなくてよかった頃が、とても幸せで、懐かしく思えてくることがあるの」

「男だって重荷しょってるよな」良一が冗談まじりの口調で異議を唱える。陽子はためらいがちにつづけた。

「それはそうかもしれないけど、なんていうか、男は直線なのよ。変わる必要がない。でも、女は変わらなきゃならない。男は、子供と大人がつながっているけど、女は子供のままでは女になれない。急に道が狭くなってしまう」

「それは人によるんじゃない」夫は、俺のせいじゃないよといいたげだ。

「もちろん、個人差はあるだろうけど。でも、ムンクに『思春期』という絵があるでしょ。裸の女の子が寒そうにベッドに腰掛け、目を見開いて正面を向いている。後ろにはその子よりも大きな黒い影が、のっぺらぼうのように佇んでいる。あれは女の入口よ。男だったら絶対に違う、影はただの影だわ」

「人は女に生まれない。女になるのだ、というわけですね。直美さんと意見が合いそうだな。どうですか。そこのセンセイ」

永森は露骨に挑発したが、星の堪忍袋はもう少しだけ余裕があった。そこに煙草の煙を吹き込んだ。

戸崎は何気ない素振りで腕時計に眼をやり、やおら立ち上がって星とは離れた窓際に歩み寄り、窓ガラスに額をつけるようにして外の様子を探った。空はいよいよ暗いが、まだ降りださない。効果的な演出を狙って焦らしているらしい。吐く息でガラスが白く曇った。バスの出る時刻が近づく。たった一人の乗客として、中島有里が寒々しい座席に揺られながら暮れつつある景色を眺めている姿が、不意に浮かんだ。有里は裸で震えていた。運転しているのは黒いのっぺらぼうだ。霧雨の中をバスは音もたてずに走り去る。

悦子が欠伸《あくび》をした。陽子にもたれかかっている。牛乳と暖炉の火で眠くなったのだろう。ここじゃ風邪ひくわよ、と陽子が促し、高原は悦子を抱っこして立ち上がった。悦子はすでに寝息をたてていた。

女ってのはホントに厄介だぜ、俺も一度は懲《こ》りたはずなんだけど。いいたいことがあるんなら、ズバッといやァいいんだよ。態度で読みとれなんて、動物学者じゃあるまいし、四六時中観察してられるかよ。もっとも、俺んとこの局長みたいに、ズケズケのたまう女王様も困りもんだが。そう。あれよりはましだ。まあ、仕方ない。ここはひとつ、俺にはおまえが必要なんだ、くらいの熱演をするしかない。ただし、どっかのアホンダラみたいに、優しくなければ生きる資格がないなんてふざけたことは、断固としていわせないが、な……。

杉野進は湿った冷気の壁に挑むように、アクセルを緩めず湖畔を走りつづけた。午前中とはうって変わった表情のN湖は、スクーターの進路を邪険に阻んだ。湖を巡る遊歩道は車がやっと一台通れる幅しかない。しかも石ころだらけだ。歩いたときはさほど気にならなかったが、道の半ばまで張り出した針葉樹の枝が、顔といわず腕といわず、しきりに打ちかかる。それをヘルメットで弾きながら、路上の人影を探し求めた。

湿地に敷設された木道が目に留まった。停車してエンジンをかけたまま木道に足を踏み入れた。足元の板がぐらついて大きな音をたてた。それに驚いたのか、小さな生き物が飛び込む水音がした。密生する葦が視界の半分を占めている。下を覗くと蛇の生白い抜け殻が浮いていた。数歩奥へ入った。木道はこちらにおいでとさらに延びている。湖から陰気な風が一波、二波。葦の群れを手荒に掻き分けた。

再び水音。杉野の頭を昨夜の水死体の話が掠める。髪の毛がゴソッと――やめやめ。こんな薄気味悪いところに有里がいるはずがない。急いで引き返した。スクーターは頼りなげなアイドリングで逃げ腰になっていた。

キャンプ場の看板があった。脇道を登ると、すぐに広場に出た。周囲にはテントがいくつか張ってあったが、人の気配はない。フライシートに〈N湖キャンプ場〉と記されている。汚れ具合からみて、しばらく前から張りっ放しのようだ。屋根の架かった炊事場らしきところにも人影はなかった。古い花火の燃えかすが泥にまみれている。杉野は広場を一周して引き返した。

　対岸が霧に包まれたように烟《けぶ》り、湖面が空の色と同じになった。山を覆う植物が一斉に光合成を止め、さりとて呼吸も始めず、困惑した大気が澱んでいるようだった。細い細い雨の糸が、手の甲に落ちて滴となった。スピードを上げて疾駆する杉野の皮膚は、だが、それを感じないほど冷えきっていた。残された箇所はもはや売店しかない。あそこにいなくて、他のどこにいるというのだ。山道などほとんど歩いたこともない女が。

　知り合ったのは離婚のゴタゴタの真っ最中だった。広告代理店と人材派遣会社の社員同士という、実にありふれた出会い。そして関係。煩わしい後始末を忘れるように、のめり込んだ。めでたく協議離婚とあいなったときは、二人でお祝いしたものだ。これで自由だ。幸い子供はいない。人目を気にせず堂々と付き合える。しばらくはそのとおりだった。いつの頃からだったろう。結婚という文字が二人の間に蜃気楼のように出没し、それが時折、波を荒らげて航行を危うくした。星じゃないけど、結婚なんてものがなければ、うまくいくのに。

《男性と女性との関係いかんは、どの程度にまで人間が人間的になっているかを示す

尺度である。けだし》
けだし、……なんだっけ。あのヒゲじいさん《カール・マルクス》の説教だとは思うが。忘れた。まあ、いい。星のように〝主義を実践〟してるわけじゃない。そんなつまらん人生、俺は願い下げだ。年寄りみたいな信条なんてものもない。そんなのは糞喰らえだ。どうせてめえの都合ででっち上げた理屈だぜ。《思想は趣味である》。だから自由なんだよ。人間の最も重要な問題は男女関係だ。今の俺にとっては有里だ。ゆりっぺ、というと、そんなダサい呼び方ヤダ、といってふくれる生身の女なんだ。
まだか。ボートからはそれほど大きな湖に見えなかったぞ。いくら走っても、ほとんど景色が変わらないじゃないか。バスは四時だったな。それまでに売店に戻れるのか。どうなってんだ、この湖は。
道は湖畔から離れ、かなりきつい上り坂になった。バランスを崩して何度か倒れそうになるのを、足を着いて支え、ようやく登った。視界が開けた。N湖は遥《はる》か下にある、と思ったが、湖面からの高さはさほどでもない。しかし四周の霞《かす》む山並は、まるで国境を越えた彼方にあるもののように、遠く感じられた。対面の岸辺のやや上方に、R山荘が屋根をわずかに覗かせている。それも次第に霧に覆われつつあった。左に目を転ずると、売店があった。坂を下ればじきの距離だ。ボートが吹き寄せられたゴミのように、桟橋にへばりついている。人影はない。時刻は、三時四十分。

テラスに横付けしてエンジンを切った。ヘルメットをハンドルに掛けた。店に入ると、ラジオから小うるさい音楽が流れていた。暖かさに緊張が緩んだ。

どうでした、いましたかあ、と店番が訊いた。いや、と杉野は低く答える。ここにも来なかったかい。ええ。さっきからちょくちょく外を見てたんですが、誰も通らなかったですよ。ぼくもそろそろ店じまいをしなきゃ。ほかにいそうなところはないだろうね。そう、ですねえ。女の人ひとりで行けるようなところは、ちょっと。なにしろなーんにもないところだから。

杉野は熱い缶コーヒーを買い、立ったまま飲んだ。掌に温もりは感じたが、味はしなかった。パラパラとトタン屋根を打つ音がしたかと思うと、みるみるうちに湖面に無数の小さな輪が広がり、世界は白い雨筋と柔らかな雨音で閉ざされた。店番が舌打ちして後片付けに駆けてゆく。

テラスに出て、姿を消しつつあるN湖を眺めた。ボートが迷子のように濡れている。杉野は、ベンチに有里が座っているように思い込む。そこから哀しげな眼差しで雨を見ている。声をかけても届かない。しかし、自分から駆け寄って抱きしめれば、必ず有里は応えるはずだ。杉野は瞳が割れるほど強く強くベンチを見つめる。そうすれば、有里が本当に現れるかのように。

だがベンチは冷やかに杉野を撥《は》ね返す。次に、路傍に佇んで空を仰ぎながらずぶ濡れになる自分を見る。泥だらけの道を転げ回りたい衝動を覚えた。

いつの間にかバスが眼前を走っていた。スクーターを邪魔にするように停車し、乗車口を開けた。そこから有里が降りてくるのではないかと、杉野は期待する。

虚しい望みは直ちに絶たれ、それを嘲笑うかのようなブザーとともに扉は閉まった。曇った窓ガラスの内側に人影はない。雨の雫が車体の埃を流し、醜い痕を幾条も残している。ディーゼルエンジンの振動が空気を震わせた。バスはゆるゆると動きだし、少し先の空き地で方向転換した。気だるく往復するワイパー越しに、運転手がこちらを一瞥する。羨むような憐れむような目つきだった。杉野はなすすべもなく、飛沫を撥ね上げて去ってゆくバスを茫然と見送った。

ハナの差ではずれた馬券の如く握ったままだった空缶を屑籠に捨て、一仕事終えたようにベンチに腰を下ろした。やめたばかりの煙草を無性に吸いたくなった。映画の主人公なら大抵、こういう場面では侘しく煙草に燐寸《マッチ》で火をつけるものだ。ほかに何ができようか。紫煙が男の表情を覆い隠し……。

いや、違うぞ。それは違う。そんなのは安っぽい演出家が大廉売する、一山いくらのディティールだ。つまり、カッコつけて誇大表示するしかない無能なヤツのやることだ。第一、有里はまだ見つかっていない。バスに乗って帰ってしまったわけではないんだ。さて、対策を考えなければならない。

帰り支度をした店番が声をかけた。これでよかったら。登山用のパーカーを差し出した。さすがに気の毒に思ったらしい。悪いね。受け取る杉野の眼がテラスの隅の公衆電話を捉えた。そうだ。山荘に戻っているかもしれない。財布に入れておいた電話番号のメモを抜いた。

呼出音が五回、六回。きっと戻っているに違いない。戻っているはずだ。そう思わないといけない。そう、有里が出るだろう。しかし怒ってはだめだ。八回、九回。誰が受話器を取るかで揉めているのだろうか。それともみんな出払っている？　それはありえない。誰でもいい。早く出てくれ。

――もしもし。R山荘ですが。

星の声だった。

「ああ、俺だ。杉野だ」

――杉野か。どうした、見つかったか。

有里は戻っていない。杉野は言葉に詰まった。星は、やや早口に繰り返し問い質した。結論だけいえ、というような催促の仕方だった。

「いない。バスにも乗らなかった」

――そうか。すまないが、いったん帰ってきてくれないか。実は、悦子ちゃんがいなくなった。今、手分けして捜しているところなんだ。

第三章　捜　索

　二百十年前、その爆発的噴火により未曾有の大飢饉を招来し、噴煙は国内はおろか欧州大陸の日照をも阻害して、フランス国王が断頭台の露と消える遠因にもなったという活火山の、かつて火砕流に埋め尽くされた麓《ふもと》の自動車道を、寺山民生の高級車は走っていた。

　左手にはシルエットとなった山容がそびえ、右は、ゆるやかに傾斜してゆく広大な裾野が一望できる。追分の別荘に滞在している妻子に注文の品を届け、その足でR山荘に赴く途中だ。会社名義のドイツ車は、実力を発揮して自信に満ちた走行をつづける。

　有料道路を使えばK温泉まで一走り、そこからどのくらいかかるか。明るいうちに到着したいが、無理かもしれない。陽が残っているのは、裾野を隔てた彼方に隆起している連山の頂だけだ。風景は徐々に蒼に染まってゆく。

　長い上り坂も終わりに近づいた。前方の最高地点に、見晴らしのできる駐車場がある。

寺山が相当なスピードで接近しているにもかかわらず、そこから乗用車が一台、ふらりと車線に乗った。白い大衆車だ。寺山は軽くブレーキを踏んだ。それで充分車間距離がとれると判断したのだが、案に相違して、国産車はまるでスピードが上がらない。瞬く間にバンパーが隠れるほど車間距離が縮まった。さらにブレーキ。片側一車線だから、すぐには追い越せない。しかし、国産車は依然として低速のまま走りつづけている。乗っているのは家族のようだ。プレートを見れば首都近郊のナンバー。つまり、近県の名をもじって〝○○都民〟と呼ばれる大群の勤労者たちのマイカーだ。

——まったく、目に浮かぶようだな。

寺山は腹立たしげに呟《つぶや》いた。対向車はなかなか途切れない。

どうせ、景色でも眺めながら運転してるんだろう。自分の足が踏まれることにはたいそう敏感だが、他人の足を踏むことには至って鈍感な連中だからな。通勤片道一時間半、いや二時間かもしれない、大漁の鰯《いわし》みたいに電車に押し込まれ、隣家と見分けのつかない定食のような小住宅かマンションに住み、小中学生の子供は塾通い。上司の仲人で結婚した妻は、パートとテニスとカルチャースクールで大回転、たまにはボランティアで社会奉仕だ。夏休みは会社の保養施設に二泊、ホテルに一泊。今日が初日だ。やっぱり高原はいいわね。そりゃそうだよ。空気が違う。みんな、明日は早起きして一汗流そう。ええー、のんびりしようよ。なにいってんだ、こういうところへ来たら早起きしなきゃだめだぞ。などという会話が、今、車内で交わされているに違いない。世帯主としては、自分がボスであることを示すのはハンドルを握っているときしかないから、ここぞとばかりに地形や歴史、植生などあらん限りの知識――この際、多少あやふやでも構わない――を総動員して、頼れる父親兼夫ぶっているはずだ。世帯構成員たちも、たまには好きにさせてやろうと調子を合わせる。

まあ、楽しんでくれ給え。だが、諸君の走っている道路も、両側に広がる土地も、実は株式会社の所有物であることをご存じですか。創業者が拳銃と異名をとったあの会社の。立入禁止の看板が等間隔で道路沿いに立っているだろう。世帯主はそういうことも説明してやらなきゃ。世間を知っているのはあんただけなんだから。ちょっと惨めな気持ちになるけどね。あっ、ひとつ例外はある。あの会社の社員なら、逆に大威張りだろう。どうだ、見てみろ。ここから目の届くところは全部おとうさんの会社のものだぞ。おお。これなら世帯主どころか戸主にさえなれる。おとうさんの会社ってすごいのね。鼻高々。

でも、所詮、社員じゃね……と苛立ちを宥《なだ》めているうちに、追い越すタイミングをつかめないまま、大噴火のときに流れ出た溶岩を有料で見せる観光名所まで来てしまった。子供が小さい頃、鬼ヶ島と間違えて本当に鬼が棲んでいると思っていた。駐車場への進入車線があるから、追い越すには絶好のポイントだ。ここを過ぎると見通しが悪くなる。

ウィンカーに手をかける寸前に、国産車はまたもや後続車のことなど気にもかけず、のっそりと車線をずれて〝鬼ヶ島〟への進入路をとった。間髪をいれず、寺山は必要以上にアクセルを踏み込み、余裕の重低音を轟《とどろ》かせ格の違いを見せつけた。抜き去り際に国産車の内をしっかり見届けた。想定を裏切り、運転者は妻と覚しき女性、後部座席の痩せた夫と丸々した図体の少年は、シートにもたれ口を開けて眠っていた。ついに世帯主からも転落か。

しばらくは、なだらかな起伏と緩やかなカーブがつづく快適な下り坂だ。森林を抜けると、広大な台地を青緑色の畑が覆う。大型の機械が入っている。出荷の最盛期だ。黄昏の畑から数人が道に出てきた。見れば、外国人ではないか。褐色の肌に黒いヒゲ。大都市に高原キャベツとして有力な販路を確保しているこの山麓の産地でも、「国際化」の事情は同じなのだろうか。寺山が跡を継いだ建設会社は、当然のことながら、彼らなくして現場は動かない。現場はどこでもそうだ。それでいて、ガイコクジン――もちろん、クルマのCMに出てくるようなリッチな欧米人ではない――が多くなったと、この国の住民たちは眉をひそめて驚嘆する。紅毛碧眼のストレンジャーから声をかけられれば追従笑いを見せるのに、肌の色が違うと、一歩退がって身構えるんだ。

人種ってのは、奴隷労働を正当化するために編み出された呪文だぜ。アフリカ大陸の住人ばかりじゃない。新大陸の住人も相当悲惨だったんだ。なにしろ、頭の皮を剥《は》がれたのは原住民たちの方で、移住者たちには剥いだ数に応じて賞金が出たっていうんだからな。そんな獰猛な入植者にとっては、太平洋の果てにうじゃうじゃ棲《す》んでいるやつらもひっくるめて、みんな征服すべき原住民だ。そのなかで、ガニ股で出っ歯で吊り目で頬骨が出て眼鏡をかけて刀を振り回す連中が、とんでもなく性能のいい飛行機に乗って戦争をしかけてきたときには、びっくりしたろうな。で、そういうときこそ燃えるのが、開拓者魂だ。二度と逆らわないように騎兵隊を派遣して、徹底的にお仕置きをする。

そうして、三百万人を水漬く屍《かばね》草むす屍とした極東の敗戦国は、けっして過ちは繰り返しませんと反省したってわけだ。しかし、素直に反省したわけじゃない。敵国に対する憎しみを平和という道徳で包装し、倫理的に優位に立とうとした。アメリカは「不正義」であると。害虫の退治でもするように、親を子を兄弟を、家を街を故郷を、非情な兵器で焼き尽くされた――虫を踏み潰すときでさえ、ちっとは躊躇するってのに――怨《うら》みを晴らす〝代償行為〟というわけだ。

だから、力道山が戦勝国からやって来た悪役レスラーに空手チョップをお見舞いしたときの体が震えるような熱狂と、安保反対を唱えて全国で繰り広げられた壮大なデモの熱狂は地続きなのだ。ところが、そういう〝代償行為〟がいつまでも政治的に有効だと勘違いして選挙という儀式を繰り返している間に、みんなコーラを飲み、ハンバーガーを食って、アメリカと戦争したことも忘れ、国民一同アメリカ大好きになった。アメリカは自由で豊かな正義の国。めでたし、めでたし。

いつしか道は直線になり、知らず知らずスピードが上がる。空気を裂く音が快い。アクセルを離しても速度は衰えない。ブレーキを踏むのが惜しかった。

これからは環境ビジネスだよ。住宅をリフォームするように、カタカナ言葉で化粧しながら、ひっ散らかした環境を少しばかり見栄え良くするのが、世の中の流れだ。金ピカの泡まみれでコケた連中は、とどのつまり乗り遅れたんだ。

俺はむやみに手を広げず、着々と布石を打ってきた。大手ゼネコン並みにとはいかないが、それなりにそれなりに頭と金と人を働かせてやってきた。万年下請け業者とは、おさらばだ。親父が死んで、突然不本意に家業を継いだ当時の苦労を考えれば、最近の不景気は屁でもない。俺が、会社の足腰をここまで強くした。口では〝従業員が支えている〟とおだてはするが、必要なのは経営能力だ。

業績が上がらない会社は経営者が無能ってことだ。大局が見えない。先が読めない。分析も総合もできない。地位しか頭にない。そういう腐敗分子が追放されるのは、至極健全なことだ。資本主義は本来、保守的傾向には冷淡なのだ。創造的破壊、どこかの偉い学者がいっていたじゃないか。走りつづけること、これが経営者の使命なのだ。企業はそのための組織なのだ。

俺が創業者の二代目であっても、組織は私物ではない。俺は権限と責任を有する指導部だ。結果は数字で表れる。実に愉快だ。俺は、同族会社によくある、甘ったれた、古臭い人間関係にもたれかかった、腹の出た「社長」ではない。俺が、俺こそが、かつて近代を切り拓いたブルジョアジーの正統な後裔なのだ。時代を引っ張る先頭集団にいるのだ。そう、俺こそ『前衛』なのだ。

有料道路はいったん途切れ、小さな街に入った。思いがけず渋滞している。祭りらしい。打ち上げ花火の音がする。沿道には提灯《ちょうちん》が吊るされ、露店のアーク灯が懐かしい輝きを放っている。年寄りが孫の手を引く姿もどこか晴れがましい。

そういえば、いまどきの神輿《みこし》は二拍子でかついでいるが、本当は四拍子だ。神輿ってのは、暴れなきゃだめなんだよ。二拍子じゃ、上下に揺れるだけ。たぶん、四拍子の伝統を受け継いだのは、あの密集隊形のデモだ。アンポォ・フンサイ、トウソウ・ショウリ。だいたいワッショイで始まるしな。放水は浴びるし、見物人は喜ぶし、催涙ガスもまた楽し、だ。

そう、あいつらに綿飴でも買っていってやるか。高原は子供を連れてくるといっていたが。幾つになったのだろう。よその子供の歳はわからない。でも、親といっしょに来るくらいだから、せいぜい小学生だろう。中学になったらもう駄目だ。俺だってそうだった。最期まで親父とは和解できなかった。だが、いや、だから、今でも心の内で親父と会話する。乗り越える前に死んでしまった親父を、俺は決して乗り越えられないだろう。

付け焼き刃の主義を振り回すクソ生意気な学生の俺を、親父は黙殺した。今の俺だったら、まず一発くれてやるようなことも、聞き流すか、あるいは聞いてさえいなかった。いいたいだけいいわせていた。何の反応もないのが唯一の反応だった。それが策だったのかどうかはわからない。しかし、手強い親だったことは間違いない。

そうだ。少なくとも、白昼はこそこそ逃げ回り、機動隊の後ろに隠れて、学生が袋叩きにされ血を流しながら連行されるのをニヤニヤしながら覗《のぞ》いていた、あの教授連中よりは賢明だった。大学教授の商売道具は、学問の業績じゃなくて権威なんだから、それを地に落とすのは下の下だ。のうのうと商売してきた経営者が初めての労働争議に面喰らい、周章狼狽して警察呼ぶわ暴力ガードマン雇うわ、あげくの果てにホテルに寝泊まりして行方を晦《くら》ますわで、火に油を注いでしまうのと同じだ。あるのかないのか定かでない責任を果たそうと、すすんで団交の席に着いた教授もいたが。

ひたかりに親父が大学教授だったらどうしたろう。紅旗征戎《こうきせいじゅう》は吾《わ》が事に非《あら》ずと、すら研究をつづけていただろうか。それとも、さっさと辞職しただろうか。俺も彼らの歳に近づいている。あの騒ぎで何が変わったのか。およそ教師という職業が尊敬の対象ではなくなったことは確かだ。そう、同窓会気分で星あたりに訊いてみるのも悪くない。あいつは今でも教組の活動家らしいが、そのうち選挙にでも出るつもりなのか。保守にも受けがいいからな、あいつは。確か、そういう家系だったような……。

小さい街だから、渋滞はわずかですぐに流れだした。花火のくぐもった音が遠ざかる。ヘッドライトを点灯すると路上は明るくなったが、周りは一足早く夜になった。再び上り坂。そしてK温泉までの曲がりくねった道路をひた走る。

杉野は広告マンだったな。口は悪いがひらめきがあった。『現代思潮研究会』もあいつのネーミングだった。どことなく胡散臭いところがよかった。スローガンを捻《ひね》り出すのも得意だった。物を売り込むのに、さぞかしあの才能が発揮されているのだろう。あいつが哲学専攻なんて笑ってしまうが。

永森のビラは、意味不明のような文章でも、なぜかとにかくやったるわいと思わせる調子があった。高橋和巳に入れ込んでいたな。物書きをやっているというから、これもいいだろう。二人は文学部か。文学ねえ……。

星が理工ってのはわかるな。河本と結婚したが、子供はいないらしい。杉野は離婚し、かたや高原は若い嫁さんもらって、永森と戸崎は独身貴族か。高原は俺と同じ経済で、戸崎は法学部だったが、何をやってるんだっけ、聞いたんだけど……。そういえば戸崎を連れてきたのは、やはり法学部の岩田だったな。岩田か。思い出すのはやめとこう。そんなことをしても、何にもならない。明日よりも記憶の方が大切な歳になってから、ゆっくり思い出せばいいんだ。ほかにすることがなくなってから。

追いかけてくる闇を振り切るように、寺山はアクセルを踏みつづけた。ラジオのスイッチを入れた。雑音がひどい。周波数を切り換えるうちに、ひとつだけ明瞭に受信する局があった。はやる心を静めるような曲が流れている。『英雄』第二楽章。しばらく聴いていたい気がした。寺山は、それが葬送行進曲であることを知っていた。


「いなくなったって、どういうことだ」

杉野進はパーカーの水滴を振り払いながら、ホールまで出迎えた戸崎弘に問い質《ただ》した。ひとつだけ灯された照明の翳《かげ》から戸崎が答えた。

「二階に寝かせたんだが、気がつくと部屋にいない。ひとりで外へ出るはずはないから、山荘の中にはいると思うんだけど」

「みんなは下にいたのか」

戸崎は目を伏せ黙って頷いた。床に残された杉野の足跡が濡れている。片足で立って靴下を脱ぐ杉野に戸崎がためらいがちに訊いた。

「で、……中島さんは」

「いないよ」杉野は靴下にかけた手を休めず下を向いたまま、そっけなく答えた。

「いたら、今ここに立ってるよ。違うか」

杉野の乱れた前髪から雫が滴った。鼻先からも落ちた。役目を終えたパーカーは上がり框《かまち》にくたっと置かれてある。裾からは表地の皺を伝い徐々に集まった水滴が零《こぼ》れ、広い沓脱《くつぬぎ》場に敷きつめられた古い、しかし華やかなタイルの片隅に、小さな水溜まりができつつあった。開けっ放しの扉から、無数の葉を打つ雨音が遠い潮騒のように渡ってくる。森は、深海を思わせる濃密な青のなかに沈もうとしていた。

杉野は着替えのためホール奥の階段を昇った。踊り場で、二階から足早に降りてきた星俊太郎とすれ違った。言葉を待った。が、星は一瞥を与えたきり階下に急ぐ。杉野は無言で降りてゆく後ろ姿を見下ろした。その背はずぶ濡れの帰還者に問いかけていた。何を？　責任を。いわれのない責めを。

人里離れた夕暮れの山奥で若い女と幼児の所在がわからないこの情けない事態の、誰かが負わねばならない責任を、追放された預言者に対する如《ごと》く、指導部の路線に反した男に押しつけようというのだ。

三段降りて、星は振り返った。杉野は冥《くら》い憤懣《ふんまん》の眼差しを放っている。星は顎《あご》をあげ、階段の勾配よりきつい視線を受けとめた。現時点で優先すべき事柄は明らかだ。

成人より幼児、分散より協力、感傷より実践だ。

「やみくもに捜しても効率が悪いから、分担を決めることにする。居間に来てくれないか」

杉野の唇は固着したままだ。かまわず星は一気に階段を駆け降りホールを横切った。玄関の扉が開いている。戸崎が気の抜けたように外を眺めながら佇《たたず》んでいた。星が声をかける。返事をする戸崎は夢から醒めたといった表情で力なく扉を閉めた。

日没まであとわずか。夜になったら捜索は困難だ。第三者に援助を仰ぐほかない。それまでは迅速かつ理性的に対処しなければ。誰に対しても、その理由を説明できるようなやり方で。星は足早に居間に入った。

食卓では永森真也が、画用紙に山荘の平面図を書いていた。手分けして捜すための、これは高原陽子の発案だった。なるべく細かいところまで書いてくれるよう頼んだ。小さな子供は狭い戸棚や押入れにも潜り込むし、大人では考えられない抜け道を通ってほかの場所へ出たりする。そして、そこが危険かどうかわからない。大人の「怖さ」と子供の「こわさ」とはまったく別物なのだ。

永森は一つ一つ部屋を付け足すように線を引いている。これでは駄目だ。もっと大きなかたまりとして書いていかないと、矛盾する線ができてしまう。隣り合う部屋が離れてしまったり、とてつもなく長い廊下になってしまったり。しかし陽子は、時折、ここはどうなっているのかと質問する程度で、永森の拙《つたな》い線引きに我慢していた。

悦子を寝かしつけてしばらく様子を見てから、陽子は静かに階段を降りた。玄関で悦子の運動靴を揃えて自分の靴の隣に並べた。暖炉の前に戻ると、男たちは思い思いの格好でくつろいでいた。陽子は夫の近くの椅子に座った。そしていつの間にかうとうとしてしまったのだ。悦子の声が聞こえたような気がして目を覚ました。見回すとほかの人たちも居眠りしていた。急いで二階に上がり部屋のドアを開けると、布団は空になっていた。便所を捜し、両隣の部屋も、浴室も見たが、いない。玄関にはかわいい小さな靴が、陽子が並べておいたままの形で置かれてあった。陽子は力が失せてその場にへたり込みそうになった。どうして一緒に寝てやらなかったのかと強烈な後悔が胸を締めつけた。

あれは、悦子が三歳のときだった。近くの海に連れていった。風が強かったが、浜辺は賑わっていた。波打ち際で遊んだあと、シートに座っておにぎりを食べていた。少し離れた岩場のあたりに人だかりがして、救急車のサイレンが聞こえた。様子を見てきた夫が、波にのまれて溺れたんだって、といった。ふと、悦子の座っていたシートを見ると、数秒目を離しただけなのに、いるはずの悦子がいない。あわてて視線を走らせるが、ブレた写真のような視界に悦子の姿はとらえられない。瞬間、湿った風が吹きつけ、波音が険しくなった。太陽が遠く、景色が疎《うと》くなった。夫が私に向かって口をパクパク動かすのに、声が聞こえない。私は、きっと、子供の名を叫んでいたに違いない。

悦子は、魔法のように姿を現した。気がつくと目の前に立っていた。

――どこへいってたの。えっちゃん。

――タコみてた。

――タコ？

悦子は空を指差した。元の色に返った明るい空に、黒い大きな西洋凧が悠然と舞っていた。

あのときの恐怖と安堵。

子供がいなくなる。親にとってそれ以上に恐ろしい事態があるだろうか。しかし、陽子は学んだ。冷静さを失えば、見つかるものも見つからないことを。だから、居間に戻って安穏と眠る男たちを目にすると、くるおしい狼狽を必死で懐の小箱に押し込め、朝の時刻を告げるように夫の肩に手をかけたのだった。慌てたのは、目をこすってから陽子のいう意味を了解した夫のほうだった。おっとり刀で捜しにゆく、たたき起こされた四人の背は、まだ半分眠っていた。

それから陽子は、再び二階の部屋に戻り、布団を調べた。掛布団がはねのけられた様子はなく、子供の大きさの空洞が残っていた。布団のなかに手を入れてみた。温もりとともに胸のなかに広がった悦子の匂いは、母と子の繋がりが切れていないことを告げた。畳敷の部屋は別段変わったところもなく、押入れには二組の布団と鞄があるだけだ。目覚めたとき怖がるといけないので消さないでおいた電灯も、そのままだった。

男たちの捜す声が、ずいぶん遠くから聞こえる。戸を閉めてしまえば音はほとんど通らないだろう。どこか奥まった納戸にでも隠れて、あるいは閉じ込められていたら、おそらくは呼びかけも聞こえないに違いない。悦子を寝かしつけたときのことを努めて克明に思い出そうとした。そして、もう一度部屋の中を見回した。布団しかなかったろうか。ほかに何かあったような気がする。

夫に悦子を抱いてもらい、布団を敷いた。服は脱がせていない。そっと横たえて、邪魔になる物があった……そう、ポシェットだ。肩から下げていたそれを、外して枕元に置いたのだった。

陽子手作りの小さな赤いポシェット。ハンカチやティッシュなど、たいしたものを入れているわけではないのに、外出の際にはいつも離さないポシェット。それが見当たらない。

陽子は悦子の気配を強く念じた。どうやってこの部屋から出ていったのか。自分でポシェットを持っていったのだろうか。なぜ、下の居間に来なかったのか。いや、来たのかもしれない。大人の眠っている間に。心臓を揺るがそうとする自責と後悔を、唇に力を込めて抑え、さらに念じつづけた。何者かが寝ている悦子をさらっていった？　それならポシェットは置いてあるはずだ。誰かに起こされたのなら掛布団は乱れているだろう。そして、靴はなくなっていない。つまり、悦子は自分で布団から脱け、ポシェットを肩に掛けて部屋から出た。この山荘にいる。どこかにいる。絶対いる。無事で、またタコを見ているんだ。陽子は努力して確信に至った。

ようやく永森の下手な図面が完成した。それは山荘の端正な外観とは裏腹に、古地図のように不格好だった。一階と二階が上下に並んでいる。用途はわからないが、想像以上に部屋数は多かった。「僕も入ったことがない部屋もあるんでね」と、永森は言い訳がましく陽子に差し出した。そして、ここが現在地、と隅の比較的大きな長方形の中に丸を書き加えた。

「悦子のいた部屋はどこでしょう」

「ああ。えぇーと、ここ、かな」永森は二階の端から二番目の長方形に×印をつけた。二階は、その隣から同じくらいの大きさの四角形がつづいているが、次第に線が歪み、端の部屋は居間兼食堂ほどの大きさもあった。そのまま一階に乗せたらはみ出してしまう。陽子はがっかりしながらも、感謝の言葉を述べて図面を手元に引き寄せた。

星と戸崎が着席した。陽子は図面を二人に回した。星は永森に確認しながら、部屋に番号と名称を記入していった。一階は居間、食堂、厨房のほかに帳場、バー、撞球室《ビリヤード》、サンルーム、洗濯室、乾燥室、給仕部屋（これらにはいずれも元がつく）、そして便所、浴室、ボイラー室が配されている。二階は寝室が九つ、布団部屋、納戸、それから例の書斎。階段は一ヵ所だ。星は赤鉛筆で一階と二階をそれぞれ二つに区切り、全体を四分割した。

「懐中電灯はいくつある？　万が一の場合……」星は戸崎に質した。

「山荘備え付けのが二つと、星のマグライト、あと高原が持ってきたライトで四つだ。僕もランタンと蝋燭《ろうそく》なら持ってきたんだけど」

「四つか。では、ひとりがここに残って、あとの五人で捜そう」

着替えを終えた杉野は階段を降りようとして、廊下の奥に人影を認めた。その辺りは電球が切れているのか、薄暗い。

「おい」

返事はない。闇に紛れそうになる人影を二呼吸ほど透かし見てから、杉野は大きめに足音をたてながら近づいた。廊下の突き当たりで何かしている。数歩の距離まで寄って、それが高原良一であることがわかった。書斎の扉を開けようとしている。

「高原か。そこは開かないんだろう」

聞こえたはずだが、高原はなおも把手《とって》をやたらに回しては肩を扉に打ちつけている。杉野の声がかえって煽ったようにも見えた。艶消しの黒い板は意思を持ったように立ち塞《ふさ》がり、その使命を守っている。高原はいったん体を離し、拒みつづける扉を握り拳で殴った。くそっ、と低い呻《うめ》きが洩れた。そこに悦子はいないことはわかっていた。だが、一通り捜しても見つからない焦燥に、どうしても開けてみなければ気が済まなかった。その間だけは、我が子が手の届かないところへ行ってしまったのではないかという負の観測を忘れることができそうだった。しかし、子供の行方などにはまったく関心のない古びた扉は、親を慰める親切心をもちあわせていない。

「星が居間に来てくれと……」杉野は星の指示を伝えるつもりなどなかったのだが、ほかにいうべき言葉は思いつかなかった。

「そうか」高原は昂《たかぶ》った気持ちを抑えつつ答えた。「有里さんは……」

「子供が先だよ」杉野は遮《さえぎ》って、高原を促し扉の前を去ろうとした。すると扉が奇妙な音をたてて軋《きし》んだ。強く押されていたからだろう。ところが杉野には、開けゴマの呪文を知らずに諦めた人間たちを、老獪《ろうかい》な扉が舌を出して嘲《あざけ》った声に聞こえた。

いきなり、怒りが頭から腹を染めた。

杉野は高く脚を上げて扉を蹴った。反動でよろけるほど強く。扉は少しばかりその衝撃に反応したようだった。もう一発。さらに二発。動作に顕《あらわ》れることによって、激したものはますます膨れていく。憤怒の襲撃に高原も加わった。しかし厚い板も真鍮の錠も防御は堅く、踵と膝に鈍痛が残るばかりで、打たれるだけの敵はびくともしない。ドスッ、ドスッと重なる音は、むしろ人間が堅い材で殴打される音に近く、捜索者たちの思慮のない行動に警告を発していた。

居間のブラケットがまた一つ、点滅し消えた。陽子は闇に味方するブラケットを睨んだ。日没にはまだ間があるのに、空は光を失いつつあった。

異様な目つきで入ってきた杉野と高原を座らせ、星は提案した。

「慎重に一つ一つ潰していこう。よく見てくれ。一階の北側を戸崎」と図面を示し割り当てた。「南側は永森、二階の北側を杉野、南側を高原。陽子さんには、ここで待機していてもらおう」

「私も捜す」

「いや、なにかあったらすぐに呼べるように、ここにいたほうがいい。俺は建物の外回りを調べる」

「それでも見つからなかったら、どうする」杉野がいった。

「警察に連絡するしかないだろう」

星の方針に陽子は奥歯を噛んだ。夫の荒い息遣いが聞こえた。一一〇番。それが最も早い方法だろう。が、制服の人間が登場することによって、悦子の行方不明が決定的になってしまう気がした。ちょうど医師の診断によって重病が確定するのを恐れるように。それは不条理だ。疾病を否定する兆候を探し、可能性に賭け、結局は致命的な烙印を先延ばしにしようとして手遅れになるのだ。

「それなら、今のうちに連絡したほうがいいんじゃないか」

杉野がいうと、星は高原夫婦を見て、「そういう考えもある。都会じゃないから、消防団を集めて到着するまで相当かかるに違いない。どうする」と問いかけた。

両親は顔を見合わせた。だけれども。が、しかし。逆接の接続詞ばかりが脳裏をぐるぐると巡った。

「一時間、いや三十分だけ、徹底的に捜そう。見つからなければ警察に電話する」高原は決断した。陽子は硬く唇を結んだまま図面を見つめた。

「では、途中でも三十分後に集合だ。手掛かりになるような物を見つけたら、すぐに陽子さんを呼ぶ。早速とりかかろう」

星は腕時計を確かめつつ、そう指令すると、テーブルに置いてあった自分のマグライトを摑んだ。残りは二つ。旧式の細長い金属製と小振りなプラスチック製。

「おい。三つしかないぞ」星は椅子をずらして立とうとする戸崎にいった。

「四つあるはずだけど」戸崎は怪訝な面持ちで卓上を探した。だが、四つ目はない。

「これは俺のだ」高原はプラスチック製を手に取った。

星と戸崎の視線が永森に注がれた。

「いや、僕は二個持ってきた。それと同じやつを。さっき置いたぞ」

「ないじゃないか。誰も取ってないぜ」星は口を尖らせた。

「嘘をついてもしょうがないだろう。本当に二個置いたんだから」

「なら、あるはずだ。それとも、俺たち以外の誰かがこっそり隠したとでもいうのか」

「バカなことを」

「じゃあ、なぜ、ないんだ」

「僕だってわからない」

「わからない、って」額が血の気を失って冷たくなった。無責任な。本来おまえが先頭にたって、と星は喉元まで出かかった。

「やめろよ。ガキじゃあるまいし。悦子ちゃんと懐中電灯とどっちが重要なんだ。時間がないんだろう」

不機嫌を剥《む》き出しにして杉野がいった。卓上を照らす白熱灯を避けるように横を向くその頬は、ひどく痩せてみえた。

星は反論の余地もなくたしなめられ、ただちに目的を取り戻した。些細なやりとりで昂ってしまったことに、我ながら不思議な心持ちだった。瑣末《さまつ》な事柄に拘泥《こうでい》しているときではない。そう、迅速かつ理性的に。

「そのとおりだ。時間がない」星は杉野の横顔に頷き、一つ残った懐中電灯を陽子に渡した。「これはとりあえず、ここに置いておこう。停電もあるらしいから。持っていてください」

そして永森を見ていった。

「この山荘を知っているのは永森だけなんだから。頼むぜ。注意事項はあるか」

永森は格別機嫌を損ねた風もなく、テーブルを囲んで立っている面々を順に眺めながらいった。「そうだね。根太が腐っているところがあるかもしれない。それから、暗がりには古い調度品が積んであるから、気をつけて。開かない扉は無理に開けようとすると壊れる。あとは……」

「そんなくだらない話なら聞かなくてもいい」高原が大声で遮った。「なにがR山荘だ。時代がかった、黴《かび》臭いあばら屋じゃないか。来歴だか由緒だか知らないが、壊れることを気にしていて子供が捜せるか。みんな、屋根裏だろうが床下だろうが、構わないからガンガンやってくれ。俺が弁償する。さあ、行こう」

「おお。断固やろうじゃないか。こんな山荘、解体する勢いでな。絶対に捜し出そう」杉野が早口で応じた。

「解体とはいかないまでも、少しくらい壊れるのは覚悟してもらわんと。どうせ搾取した富で手に入れた建物だ。情況を考えれば俺たちに理はある」星が妙に明晰な語調で念を押すようにいった。口の端に微かに笑みがよぎった。

高原を先頭に杉野、星が出ていった。戸崎がつづいた。甦ったホイッスルに導かれる四名の足音は山荘の澱んだ空気を震わせつつ、冥《くら》い廊下に消えていった。

居間の天井がミシリと軋んだ。下げられたペンダントが密やかに揺れた。永森はおもむろに立ち上がった。陽子は声をかけるべきか迷った。角度のせいか、眼鏡のフレームだけが銀色に光り、翳のなかに沈んだ表情は窺《うかが》えない。永森はゆっくりと首を暖炉に向けた。

陽子は小さく息を呑み、身を硬くした。永森の顔面は、うち捨てられた蜜柑の外皮のように乾き、皮膚は血が通っているとは思えないような鉛色をしていた。錯覚ではないか、一旦背けた眼は、再び吸い寄せられた。が、気配を微塵も感じさせずに、永森は食卓を離れていた。空気さえも透過するようなその静寂の歩みは、陽子の存在を無視して遠ざかっていった。

気のせいだと念じながら、陽子は山荘の平面図と懐中電灯を手に暖炉の前に移った。星の指示に従って残ったが、捜すより待つほうが辛い。夫も含めて、五人の男たちがこれほど頼りにならないとは思いの外だった。あの調子では結果は期待できそうにない。何かが違うのだ。吉良邸に討入るのでもなければ、埋蔵金を発掘するのでもない。さっきまでここにいた六歳の女の子を見つけるのだ。肝心なのは……肝心なのは何だろう。

いたたまれなさに萎《しぼ》む胸を広げようと深呼吸した。壁に部屋の装飾とは不釣り合いな絵が貼ってあるのが目に留まった。今朝ほど、悦子が暖炉の前から駆け戻ってきたのを思い出した。膝にしがみついたのは怯えていたからなのだろうか。そういえば、戸崎さんがこの絵を見て話しかけていた。悦子は何かを怖がったのかもしれない。陽子は絵の前に立ち凝視した。

黄ばんだ画用紙に激しい線が踊っている。奔放な筆致は子供の無垢な手によるものか、熟達した技量を示すものなのか。ただのお絵描きではないと陽子は直観した。暗い色を背に秋の薔薇《ばら》を想わせる深い赤と緑が乱れ、交差し、混ざり合い、最も強烈な補色同士が闘争している。しかも、たった今描かれたのではないかと疑うほどクレヨンの跡は鮮やかに、そして不気味に輝いている。見てもらおうなどと考えもしない表現。だが、どこか不吉な印象を与える。凶暴さを感じさせる。それが悦子を不安にさせたのか。

緊張から逃れるように暖炉に向けた陽子の眼が、絵から離れ炎を捉えるまでの一瞬の、さらに数分割された時の一コマに、不意にある画像が形を結んだ。呼び止められたように視線が跳ね返った。顔だ。ただの描きなぐりだと断言されそうなこの絵は、やはりそうではなかった。顔が描かれていた。それは、視線を逸らそうとしても逸らせない無残さにも似て、凄い相貌をしている。色彩の対比がきつい印象を与えているのは確かだけれども、そればかりともいえない。怪奇趣味とは違って為にするおぞましさは感じられず、むしろ表情は、能面に喩《たと》えれば般若ではなく小面だ。光の反射面が赤、陰影が緑と視れば怒り、逆に緑が明、赤が暗と視れば哀しみと、無理に解釈できないこともない。凄さはたぶん、無秩序な線を顔と判別してしまったことからくるのだろう。壁の染みや木の節が顔に見えてしまうときの不気味さに通じる、あれだ。

倉敷にある大原コレクションの中の一点を思い出した。熊谷守一。その絵はやや距離をおいて眺めても原色に近い色が闊達《かったつ》、というよりも荒々しく配置されているとしか見えなかった。寄ってみるとチューブから絞り出した絵の具をそのまま一気に厚塗りしたのがわかる。題を見る前にもう一度数歩退がり、さほど大きくもないそのタブローを視野に収めた。すると忽然とそこに顔が現れたのだった。

眠っている姿なのか、瞼《まぶた》は閉じられている。真っ黒な髪と眉の様子からして、男の子だろうと思った。解説を読んで衝撃を受けた。画家は、病床で息をひきとったばかりの愛しい子を、二度と瞼を開くことなく次第に温もりが失われてゆく我が子を、その枕元で描いたのだった。真に迫るその筆遣いは、観る者をも耐えがたい悲嘆に引きずり込むほどの痛々しい激情を放っていた。後にその名が知れわたる画家は、子どもの薬を買う金にも困っていたという。

だが、あの絵を見たときの自分は、まだ子をもっていなかった。同情はできても、塗り込められた慟哭《どうこく》に魂が震えることはなかった。今、目の前にしたらどうだろう。その物語に向きあえるだろうか。ピエタ。死せる我が子イエスを抱くマリア。

ダメ！　陽子はキッと画用紙を見据えた。

そんなこと、考えてちゃダメだ。悦子、悦子のことを考えよう。隙を突いて忍び込もうとする喪失感を跳ね返しつつ、赤緑の顔を睨《にら》んだ。そいつは、憐れみとも怨《うら》みともつかない表情に変わっていた。

（無駄だ。娘はもう帰ってこない）

違う。取り戻してみせる。

（おまえの手の届かないところに行ってしまった。あきらめろ）

居場所を知っているのなら教えなさい。山荘にいるのはわかっている。どうして部屋から出たの。何が悦子を怯えさせたの。何から逃げようとしたの！

顔は冷やかな嗤《わら》いを色に映して、再び二次元に埋没しつつあった。陽子はその残像を許さず、無秩序な線に紛れようとする魔物の襟首を摑《つか》み、心のなかで叫んだ。

そう。逃げたんだ。なんだかわからないけれども、危険を感じて。そして隠れた。

悦子はきっとどこかに隠れている。

「陽子さん」

見つかったの？　呼び声は戸崎だった。半分開けた扉から顔を出している。

「懐中電灯、貸してくれませんか。便所もよく見たほうがいいと思うから」

「私も行く」陽子は汗ばんだ手で旧式のそれを握り直し、走り寄った。

「ここにいなくていいのかな」一応訊《き》いてみるといった口調で戸崎が確かめると、陽子は問いを振り切るように扉を勢いよく開けた。

「行きましょう」


戸崎の左脚は、歩みが速まるほどその不自由さを訴える。急かされるときはなおさらだった。しかし苦にはならない。二十年。どんな障害であろうと折り合いをつけていなければ、少々諦めが悪いと非難される歳月だろう。

悔やんだり恨んだりしてもはじまらない事柄は、それを素直に受け入れ、ほかの面で精一杯自分を生かしてゆく。それが、前向きな人生というやつだ。しっかりしろと励ます人生相談のタレントのように、気をつけ、前へならえと号令する教師のように、他人に前を向けというのは気持ちがいい。こんなにひどい条件でも頑張っている人がいるんだ。頑張れば、あんなことだってできるぞ。乗り越えて明るい人生を送れ、と。

つまり、ふてくされて店じまいしてはいけない、黒字になるように経営努力をしろというわけだ。世の中、黒字ほど大切なものはない。犯罪においてさえ、本当に軽蔑されるのは計算ができない粗暴犯の如き赤字の犯罪だけで、黒字の犯罪には非難という衣をまとった嫉妬が注がれる。経済犯ばかりではない。熱帯林の戦場から有明海の漁村に至るまで、眼前の即死から見えない緩慢な死まで、気の遠くなるほど膨大な人殺しの数に比べたら、それによって罰せられた人数など微々たるものだ。要するに、罪だから罰せられるのではなく、罰せられるから罪なのだ。

戸崎は、黒字経営はとうに放棄している。脚と折り合いもつけていない。改善など呪われろ、である。不便こそ守るべきもの。それが、戸崎弘の脚だった。

この痕跡を残した出来事、あの出来事がなかったら、彼の名は今、岩田清二と同じように、限られた人々の暗い記憶の底に沈んでいたに違いなかった。

――銃を撃ったことがあるか。

岩田は学生食堂の安テーブルに肘をつき、向かいに座る自分をまっすぐに見て、遊びの話でもするようにいった。ない、と首を振ると、岩田はこれでもかというほど傷のついたプラスチックのコップの水を一口含み、ごくりと音をたてて飲み下した。

――今度、訓練があるんだ。おまえもどうだ。

肯定的な答えをした。深く考えることはしなかった。岩田は喜んだ。それから、二人とも百二十円のカレーライスを食った。ここのカレーはほんとうまいよ。岩田はそういいながら、端の方から几帳面にスプーンで掬《すく》って口に運んでいた。食べ終わった皿は舐めたようにきれいだった。岩田は二人分の食器を重ねて、うれしそうな顔で洗い場へ運んだ。それが、最後に見せた生来の素直な表情となった。

実は「訓練」が、強奪された銃を使用するものであったことを知るのは、岩田の死後だ。そんなものに自分を誘ったのは、はたして岩田が本気でオルグしようとしたからなのか、あるいは、やはり彼も、ハイキングにでも行く程度のつもりだったのか、それとも、まったく別の理由があったのか。今となっては確かめようもない。いずれにしろ、約束は果たせなかった。あの出来事のために。

この脚は、その記念なのだ。

陽子は懐中電灯を両手で握り締め、戸崎と肩を並べて仄《ほの》暗い便所の戸の前に立った。白っぽく着色されたその中央に、小さな三角形をいくつか組み合わせた意匠で磨《す》りガラスが嵌《は》め込まれていた。内側から橙色の灯が洩れている。

「見てはみたんだけどね。ちょっと暗いから」戸崎は戸を開けた。「じゃ、ちょっと貸して」と、手を伸ばして陽子の手から懐中電灯を取ると、開け放たれた個室に入り、中腰になって黒い穴底に光を落とした。

陽子もつづいて入り、覗き込むように、すぐ後ろに立った。

「間違って落ちることはないと思うわ。この大きさだもの」

「うん。少なくとも自分ではね」戸崎は電灯の角度を変えながら答えた。

「自分では？」

「いや」迂闊《うかつ》な言葉だった。「そういうことじゃなくて。あくまでも念のためにやってるんだから」

それから戸崎は、無言で婦人用と殿方用を手早く調べた。異常はなかった。懐中電灯を返した。

「どうします、居間に戻ってますか？　できれば、それを貸しておいてもらいたいんだけど」

「でも……」陽子は来た方向を振り返った。

「では、懐中電灯が必要そうなところから先に捜そう。一緒に」

陽子は頷いた。「私の勘なんだけど」あたりを見回す。「悦子はどこかに隠れてるんじゃないかという気がする」

「それは親の勘？　つまり、母子の絆というか。それとも手掛かりみたいなものでも」

「手掛かりはないんだけど……」陽子はいいよどみ、いったん停めた視線を再び巡らせた。「とにかく捜しましょう。隣はランドリーだった小部屋で今は使われていないはずだから、そこから」

戸崎は意表を突かれた気がした。隠れているとはどういうことなんだ。隠れんぼでもしているというのだろうか。隠れんぼには鬼がいる。誰が。ひょっとして大人全員が。いつ大人たちに見つけられるかと、どこかで無邪気な笑いを堪えながら、あの愉快なスリルを味わっているなんて。隠れんぼより、むしろ下駄隠しではないか——。

「なぜ隠れたんだろう」戸崎は小声でいった。

「逃げたんだわ」

「逃げた？　どうして。何から」

「わからない」陽子は前を向いたまま答えた。

「逃げたとしたら、なぜ下の居間に来なかったんだろうか」

「来たかもしれない。でも」陽子は涙声になるのを押し止めた。「みんな眠っていたから」

確かに陽子に起こされたとき、四人ともそこにいた。が、全員がずっと眠っていたとは限らない。それは眠っていなかった者のみが知っている。五人とも眠っていたとしても、諦めてほかの場所に行きはしないだろう。起こす手段はいくらでもある。戸崎はしかし、疑問を伏せたままつづけた。

「こうも考えられるよね。下に降りてこられない事情があったと。だとすれば、隠れているのは二階ということになる」

「……」

「ポオの『盗まれた手紙』みたいに、当たり前すぎて捜さないところにいるのかもしれない。たとえば、そうだなあ」

陽子は険しい眼差しで立ち止まった。「ここがランドリーだわ」

そこは引き戸になっていた。陽子は引手に指をかけ開けようとしたが、わずかに傾いただけで、臨時検査官の立入りを拒んだ。戸車が用をなさなくなっているらしい。

戸崎はその隙間に両手を差し入れ、前後に揺らしながら渾身の力を込めて引いた。渋っていた戸は鳥肌が立つような音を上げ譲歩しはじめた。

「あっ」

陽子の声に戸崎は力を抜いた。面を上げた。壁だった。隠れていたのは壁だったのだ。中が覗けるほどに開いたその向こうに空間はなく、内側は戸に接するように上から下まで板が打ちつけられている。しかも相当昔の造作のようだった。二人は呆れて贋《にせ》の戸を眺めた。永森が自信ありげに〈洗濯室〉と書き込んだのを、陽子は見ていた。ここじゃないのだろうか。それとも彼の間違いだろうか。

陽子は、何かの気配を感じた。それは廊下の突き当たりの方からだった。侘《わび》しい燭光さえも忌避するかのように、窪んだボイラー室への入口は翳の下に蹲《うずくま》っている。戸崎は、してやったりといわんばかりの隠れ壁を拳で叩いた。頑丈そうな音が返ってきた。本物の壁だ。素手では太刀打ちできそうもない。頭上で梁《はり》に亀裂が走ったような乾いた家鳴りがした。もう一度遠くで鳴った。陽子はものもいわず歩きだした。

　廊下の電灯が消えかかり、再び明るくなった。陽子は行き止まりの階段を降りた。懐中電灯で鋼鉄の扉を照らした。灰色の塗装はところどころ剥げて、赤茶の錆が腫瘍のように浮き出ている。把手は棒状のハンドルになっていた。戸崎がつづいて階段を降りようとした。


　杉野進と高原良一は、二階の中央から調べ始めた。部屋の明かりを点けると、外から星俊太郎の声がした。二人は窓を開け身を乗り出した。ふいと飽きてしまったかのように雨はあがり、地上は湿った植物の匂いに満ちていた。森はすでに夜を迎えていた。星は懐中電灯を振って合図し、二人に呼びかけた。

「捜し終えた部屋の電灯は、そのままにしておいてくれ。周りが明るくなるから」

「ＯＫ」

　二人の捜索は容赦なかった。南北に分かれたあとは、ドアを蹴破る勢いで子供の名を叫びながら部屋に入り、押入れの襖《ふすま》は乱暴に取り去り、保管されていた物は一つ残らず掻き出した。天井の羽目板を外してその辺に放り投げた。ベッドは力まかせにひっくり返した。それは彼らが宣言したとおり、解体と呼ぶにふさわしい作業だった。かくして無慈悲な捜索が次々と部屋を襲った。

高原は廊下南端のドアを開けた。永森の〈貴賓室〉だった。一応は控えめに「悦子いるかい、パパだよ」と呼んで壁際のスイッチを入れた。と、明かりはつかない。懐中電灯で床を照らした。うっすらと埃《ほこり》が積もっている。一歩踏み入れると、悪臭が鼻腔をついた。

小さな光の輪が部屋の有り様を密告した。染みだらけの壁。天井から垂れ下がった蜘蛛の巣。破れかけた煤《すす》色のカーテン。家具はたったひとつ置かれたベッドだけだ。それも、白く塗られた鉄製の。病院用だ。褪色した剥《む》き出しのマットは、長年使われたように真ん中が窪んでいる。白いパイプに薄汚れたタオルが縛ってあった。見覚えがあるようなあのタオル。なにかいいたげな……怒りが弾けた。

杉野が廊下北端にある書斎の手前の部屋の明かりをつけると、また星の呼ぶ声がした。窓を開けた。星は直下にいた。

「隣は誰の部屋だ」

「隣って、どっちの」

「暗いほうだ」

「書斎だろ」杉野はそういって、確認しようと窓から身を乗り出した。

　星は足下を照らしながらその方向に移動し、懐中電灯を上に向けた。その瞬間、建物全部の灯が一斉に消えた。手元の心細い光源に蛾が群がり鱗粉が舞った。払いのけた拍子に足を滑らせた。

　不意の暗転に振り返ろうとした杉野は、強い力で背中を押された。空の藍色が近づいた。夢中で窓台にしがみついた。

　あの野郎。こんな部屋で寝るはずはない。嘘ばかりつきやがって。やつだ、やつに違いない！

　高原は階段を駆け降りた。踊り場を過ぎたところで視界が真っ暗になった。そのまま二、三段はうまく降りたものの、宙に放り出されたような感覚に襲われ、ついに足を踏み外し転げ落ちた。

　陽子は、錆《さ》びた把手に手を伸ばした。そのとき、廊下の灯が風に吹き消されたように光るのをやめた。階段を降りようとしてバランスを崩した戸崎は、体を支えきれず、わずか三段だったが摑まるものがないので前のめりに倒れた。が、顔の正面に陽子の太めの腿《もも》があったのは幸いだった。さもなければ、コンクリートにしたたか頭蓋を打ちつけるところだった。陽子はきゃっと悲鳴をあげたが、片手で戸崎を支えた。同時に、廊下を伝って男の叫び声が聞こえた。

床に這いつくばってしまった高原良一は、しかし腕で庇《かば》ったおかげでさほどの怪我はせずにすんだ。腰を捻ったようだが大したことはない。しかし、上半身を起こすと右肩が重い痛みを訴えた。ぼうっと青い玄関の扉を眺めながら肩を摩《さす》っていると、ほどなくしてこちらに向かってくるスリッパの音が聞こえた。ホールの隅から不安定な一筋の光が高原の顔を捉えた。

「大丈夫？」陽子の声だ。居間とは逆の方から現れたのは意外だった。陽子は駆け寄り、夫に手を貸した。

「ってて」

「階段からね」どこが痛いのかわからない陽子は中途で手を止めた。

「ああ、それよりも」高原は右肩を押さえ、一気に立ち上がった。「永森だ。あいつはどこにいる」

「どこって……」

「一階にいるはずだけど」陽子に追いついた戸崎が答えた。

玄関で物音がした。陽子の懐中電灯とともに三人の視線が移動した。扉が開き、ガラスが隔てていた黒い影は人の姿になった。そして、眩《まぶ》しそうに顔を背けていった。

「誰？　ちょっと下を照らしてくれないか」星だった。陽子が近づくと泥のついたズボンを示し、このざまだよと舌打ちした。「ぬかるみに足をとられて。おまけに懐中電灯を草叢《くさむら》に落としてしまった。まいったな」

「停電かしら」

「ブレーカーじゃないかな。全部の部屋の電気をつけたから。アンペアを小さくしてあるんだろう」そういうと、汚れた靴下の感触にまた舌打ちした。

「おーい。誰かいるかあ」

今度は階上から声がした。杉野が階段を降りようとしていた。高原が持っていたはずの懐中電灯は、倒れたはずみでどこかに転がったらしい。しかも壊れてしまったのか、捜そうにも目印になるはずの光は見えなかった。

「ちょっと待ってくれ」高原が腰をかがめ床の上を透かし見ている間に、陽子は踊り場まで昇って階段を照らした。杉野が覚束ない足取りで降りてきた。スリッパは履いていなかった。

階段の下に五人が集まった。たった一つの懐中電灯の光が床を照らし、赭味《あかみ》を帯びて反射した。陰影がさかさまになった顔は、どれも無表情に見えた。

「あとは永森か」星がいった。

「だから、あいつなんだ」良一はいよいよ確信したように陽子を見た。

「何のこと？　どうかしたの」

「永森の部屋に入ったんだ。全然使われちゃいない。埃まみれで、病院の古いベッドがひとつあるきりだ。まるで」高原はややためらった後、きつい語調でつづけた。

「幽霊屋敷だ。絶対おかしい、永森のヤツ」

「本当に、永森の部屋か」星がゆっくりと低い声で尋ねた。

「間違いない。端の部屋だ」

「それで」

「それで……？」

「永森がなんだというんだ」

「きまってるだろう。あいつが悦子をさらったんだ」

「部屋を掃除していないとそうなるのか」

「掃除する、しないじゃない。行って自分の目で見てこい。普通じゃないんだ。ほかに誰がいる。あいつしかいない」激しく唾が飛んだ。

「しかし永森が、なぜ、どこに、悦子ちゃんを連れて行ったというんだ」

「そんなこと知るか。やつに訊け」

高原の荒い息から顔をそらし、星は闇へと延びる階段を見上げた。迅速かつ理性的かつ柔軟に。いくつかの選択肢が一時に頭を出した。そのひとつを摑もうとしたとき、杉野が機会を待っていたように口を開いた。

「俺も、うしろから押された」

口ぶりに驚愕の残滓《ざんし》があった。一同の不審が沈黙となって注がれた。問いが発せられる前に、杉野はつづけた。「さっき明かりが消えたときだ。俺は窓から下を覗いていたんだ。ドンと背中を突かれた。危うく落ちるところだった」

「永森か」杉野の語尾に被せて高原が訊いた。杉野は嗄《しゃが》れた声で「さあ」と首を捻り、

「そんな余裕はなかった。……ただ、振り向いたときにチラッと見えたような気がする。だが暗くて誰かまでは」というと、たてつづけに咳払いをした。

「永森だろう」高原はむしろ満足げにいった。

「永森しかいないんだよ。いいか。おまえは明かりが消えたときに押された。俺は、それと同時に階段から落ちて、ここから動いていない。俺のあと二階から降りてきたのはおまえだけなんだ。階段は、この一ヵ所だけ。つまり、押した犯人はまだ二階にいる。今ここにいないのは誰だ。永森だ」

反論の余地はなかった。黙り込む三人を見返して高原は拳を振った。

「俺たちが居間で眠ってしまったときのことを思い出せ。永森が淹れた紅茶を飲んだろう。そのあと急に眠くなった。あいつが薬を入れたんだ。わざと負けてな。俺たちを眠らせておいて、悦子をさらったんだ。それで何食わぬ顔をして……クソッ」

昂る高原に、不在者を弁護しようとする者はいない。杉野を除いては。

暗くて誰が押したのかわからないのは、事実だった。顔も体格も見えず、声も聞いていない。だが、背中に残る感触――押した掌《て》の大きさ、柔らかさ、そして力の入れ具合などは、知らないそれではなかった。いや、誰よりよく知っていた。高原がすっかり失念している人物、中島有里の手だった。去ってゆく長い髪が眼の端をかすめたような気もする。信じがたかった。有里であるはずがない。有里が俺に悪意を向けるはずはない。それでも語るべきか。語ってどうする。きっと、きっと思い違いだ。俺のほうがおかしくなってるんだ。

結局、杉野は高原の起訴状朗読の間に逡巡を殺し、感触は感触のままに封じ込めた。

「こっちを照らせ」

高原は階段脇のアルコープを示した。かつてはフロントだったと覚しきその一角には、ダイヤル式の黒い電話機が置かれていた。高原は肩を怒らせて目標に歩み寄り、陽子にもっと近くに来るよう命じた。

「どうするんだ」星はその場を動かずにいった。

「警察に連絡する。当然だ」高原は左手で受話器を上げた。

高原のいうとおり、それは当然だろう。星も異論を唱えるべき根拠をもたない。子供が行方不明、いや、それに若い女性も。警察の出動を要請してもおかしくはない。当初の方針どおりだ。それはいい。ただ、グループの一人が同じグループの子供をさらった……と通報するのだろうか。高原はそういうに違いない。しかし永森はたった今、一階のどこかで電気系統を調べているところかもしれない。すると、第三の人物が存在することになる。それはそれで危険な事態だ。だが、まだいい。敵は外だ。星はむしろ、永森が〝期待〟に背かず二階から降りてくることを恐れた。そのとき、自分が果たさねばならない任務を想った。喉の奥で予兆のように吐き気が蠢《うごめ》いた。あれは二度とごめんだ。二度？　一度目は……。

受話器を耳に当てたものの、高原はダイヤルを回さない。気ぜわしく電話機を叩いたかと思うと、声を張り上げた。

「ダメだ。通じない」

「さっきは、ちゃんとかかったぞ」杉野がそういいながら交替した。

機械の頭が何度も責められた。電話線は腰壁に埋め込まれた円形のコネクターに繋がっている。そこまでは異常はない。陽子は杉野から渡された重い受話器を耳に寄せてみた。見えない手で鼓膜を塞がれたように感じて、すぐに離した。黒光りする重々しい電話機は虐待を怨みもせず、再び勿体ぶった猫脚で立つ机の上に鎮座した。

「いかれてるぞ、この家は」高原が叫んだ。

「売店に公衆電話がある」と杉野。「クルマで行けばすぐだ」

「ヨシ」

高原は星を呼んだ。「売店まで行ってくる」すっと左手を差し伸ばした。

ほんの一瞬、星はためらうように高原の顔を見たが、すぐにブルゾンからワゴン車のキーを取り出した。

「一緒に行こうか」

「いや。一人でいい。永森が逃げないように見張っててくれ」

高原はキーを奪うようにして手にすると、大股で玄関に向かった。「おい、靴を照らしてくれ」

玄関先で陽子に見送られ、良一はワゴン車の運転席に飛び込んだ。ドアが閉まるより先に動き出したワゴン車は、道の凹凸で左右に弾みながらテールライトの残照を赤く曳《ひ》いて、森の闇に呑み込まれていった。

「突き落とされそうになったって、本当か」

星は低い声で杉野に質した。

「こんなときに冗談をいうかよ」杉野はズボンのポケットに手をつっこんでいった。

「落とそうとしたのかどうかはわからん。しかし、押されたのは事実だ」

星は深く息を吸い、しばらく止めてからやり場に困ったように細く静かに吐いた。

二階で物音がした。反射的に構える姿勢をとった。陽子が玄関から戻ってくる。片手で彼女を制止し、声を潜めて懐中電灯を消すようにいった。階段下から四、五歩離れて階上を窺う。杉野は階段から死角になる位置に移動した。

足音が降りてくる。用心深そうな脚の運びだった。踊り場の壁が幽《かす》かに光を映した。高い天井から徐々に揺らめきながら明るさが下がってくる。それとともに手摺の影が角度を変えた。踊り場に人が立った。

蝋燭の炎が見えた。

「なんだ。びっくりさせるなよ」杉野は降りてきた戸崎に真顔でいった。「おまえ、いつの間に上がったんだ」

「ブレーカーを見てみようと思ってね。部屋までこれを取りにいった」

戸崎は一段を残し立ち止まり、ランタンを掲げた。金属の四角い枠にガラスを嵌めた安直な造りだったが、謙虚な火はそれなりに輝いている。

「永森がいるかもしれないんだぞ。勝手に動くな」

「永森はいるさ」

「高原の話を聞かなかったのか」

「聞いたよ」

「永森の仕業なんだよ。全部、な。おまえ、違うとでもいうのか」

杉野は《犯行》を既成事実化しようとする己を意識した。そのことが語勢を不自然に強めた。しかし、戸崎は気色ばむことなくいい返した。

「まだ、そうと決まったわけじゃない」

冤罪を晴らす弁護士になりたい。入学の時、あの岩田はそういっていた。その声が聞こえた気がした。まるで隣に岩田がいるようだった。

「二階の様子はどうだった」

空気を察して、星が割って入るようにいった。

「別に変わったところはなかった」と戸崎。

「だって真っ暗だろ。そんなランプでわかるのか」杉野が突っかかった。

「強い明かりがあるとかえって暗いところが見えないんだ。多少暗くても、眼を馴らせば結構わかるもんだよ」

平然と語る戸崎に、杉野はまだ不服らしく、ふんと鼻を鳴らして横を向いた。そうして星にいった。

「で、どうすんだ。ずっとここにいて、永森だか誰だか知らないが、そいつが降りてくるのを見張ってるのかよ」

「ほかに手はないだろう」

星が答えると、杉野は敢えて無視するようにいった。「まず、明かりをなんとかしようぜ。戸崎はそのつもりでこれを」ランタンを取り上げた。「持ってきたんだからな」

「誰が行く？　第一、ブレーカーがどこにあるのかもわからない。一人じゃ危険だ」

「二人ずつ分かれればいいだろう」

「ここが手薄になる。陽子さんを行かせるわけにはいかないし」

「大丈夫」陽子は一歩前へ出た。「私が行くわ」

「いいや。僕が行こう」戸崎は、そういって最後の一段を降りた。すかさず杉野がつづけた。「それがいい。戸崎ならこの蝋燭で結構わかるというから。それに配電盤は一階だろう。危険はない」

星は無言で同意した。


気が急いているせいか、湖までの下り坂は迷路のようだった。ライトは闇に散った。ひどく揺れる。肩の痛みはまだ去らず、右手はハンドルにただ添えているだけだった。タイヤが空回りする。高原良一は、なぜか自分ではない別の誰かが運転しているのではないかと思えた。

悦子。悦子、どこにいる。永森の野郎。ふざけるな。

永森の蒼白い顔が鍋の焦げつきのように頭蓋の内側にこびりついているのが不愉快だった。憤怒という強力な洗剤を浴びせかけ、憎悪のタワシで擦ってもまったく効き目がない。

悦子、悦子。エツコ、エツコ、セツコ。――セツコ?

ますます輪郭が濃くなる永森の顔は、勝手に何事かしゃべり始めようとしている。やめろ。高原の抵抗の拳は空を切り、永森の眼鏡は銀縁からセルのフレームに変わった。例のレンズの下側が透明の……。そして古い記憶のなかの若い顔になった。

高原は大学構内の地下室にいた。空堀に面した窓には鉄格子が嵌まり、ガリ版刷りに使うインクの匂いが満ちていた。昼夜の定かでない薄暗いなかに、数人が立ったり座ったりしていた。一人が詰問口調で何かいった。杉野だ。隣で腕組みしているのは星。寺山もいた。ドアに寄り掛かって出口を塞いでいるのは、そう、岩田だ。壁際には学館から持ち出してきた壊れかけのベンチが、ガラクタに埋もれるように据えてある。そこに座り、刺すような視線の包囲と向かい合う蒼白い顔、それが永森だった。

星が小声で質すと、永森は強く否定した。苦悶の表情に諦めの色が滲んだ。高原は疲れていた。小便を我慢していた。言葉に出せないやり切れなさを永森に対する苛立ちにすり替え、耐えていた。部屋の隅から尿の臭気が漂ってきた。啜《すす》り泣きが聞こえた。

女の声だ。そうだった。女子学生が床に座らされていた。両手両足を縛られて――。

車が大きくバウンドし、ハンドルをとられた。慌てて握った右腕に激痛が走った。手が滑った。ブレーキを踏んだ。正面にライトを浴びた大木が迫る。鈍い音とともに、額に衝撃を感じた。


電話が鳴った。

誰かが驚きの声を洩らした。三人とも自分が発したのではないかと思った。懐中電灯の光が行きつ戻りつしてようやく電話を捉えた。

「高原じゃないか」杉野がいった。

「ああ」星は少し間をおいて答えた。「外からは通じるのか」

とはいいながら、星も杉野も動こうとしない。鳴りつづけるベルを止めるのは発信者の妻しかいなかった。普段なら懐かしさを呼ぶはずの、電子音ではない金属が鳴らす響きは、しかし陽子には、この時代遅れの電話回線の中を彷徨《さまよ》っていた過去の忌まわしい通話が、やっとこの世への出口をみつけて、錆びた呼び鈴を打ち鳴らしているかのように聞こえた。

ためらいを振り切って受話器をとった。

「もしもし」

聞こえない。何も。「もしもし」と、もう一度呼びかけても、自分の声しか返ってこない。

息を潜めて耳を澄ました。向こうも息を潜めてじっとこちらを窺っている気配がある。粘着質のいたずら電話のように耳にまとわりつく無言、そんな感じだった。切ろうとすると、か細く何か聞こえた。人の声なのか物音なのかわからないが、とても厭な耳触りだ。でも、聞いたことがある。これは……猫の鳴き声？　ぞっとして身を退いた。

「どうしたの？」星の声に、はっと面を上げた。「変な電話」といって、陽子は首を振りながら受話器を置こうとした。

「どれ」

星は受話器をとって耳に当てた。聞き取ろうと俯《うつむ》いた顔が曇ると、にわかに耳から離し、唇を結んで声の出る穴を見つめた。握った指先が縮んだ。陽子の眼差しを避けて、星は自らにいい聞かせるように受話器を置いた。

「故障だ。混線している」

第四章　孤　立

戸崎弘は厨房にいた。昨夜、杉野進がグラスを割ったとき、勝手戸の上にブレーカーのボックスを見たような気がした。だが、思い違いだったようだ。ランタンを高くかざしても煤《すす》けた壁があるだけだった。

脚の芯に重い痛みがあった。怪我をしてから数年間は、梅雨時や街路樹が葉を散らす頃になると、脚の骨が直に氷で締めつけられるように痛んだ。いくら厚着をしても効果はなかった。それも徐々に治まり、三十代では余程のことがない限り、痛みを思い出すことはなくなった。ところが、この旅行の誘いがあった頃から再び疼きはじめた。そして昨夜、R山荘に一歩踏み入れたとたん、まるで時を遡《さかのぼ》ったかのように痛みが蘇った。

戸崎はランタンをテーブルに置いて椅子に腰をおろし、脚を摩《さす》った。皮膚の触覚はあったが、中は朽ちた木でも詰まっているのではないかと思えるくらい、掌《てのひら》の熱は伝わらない。しかし、それでも十分だ。血は間違いなく通っている。

岩田は、凍る脚を自分の手で触ることさえできなかった。同志たちが暖をとる小屋の下で、その小屋を支える丸太に縛りつけられ、底のない氷点下の夜に体温を保つすべもなく放置された。しかも肉体と誇りを、愚劣としかいいようのない理由で容赦なく打ち砕かれた挙句。そして、最期の言葉を誰に聞かれることもなく、彼は死んだのだ。

かつては、脚が痛むたびに岩田を憶《おも》った。自らを岩田に置き換えて、彼が最期に感じた寒さ、渇き、苦しみを、最期に味わった悔恨、憤怒、恐怖を、最期に聞いた音を、最期に見た闇を、自分の痛みを拠りどころにして追体験しようとした。それによって、岩田が自身を投じた希望と理想は、最期においてもなお一条の光を放っていたと確認したかった。だが、立ち塞《ふさ》がる者があった。ほかならぬ岩田だった。岩田があの寒く熱い世界への参加を許さないのだ。

なぜならば、岩田自身もまた、他の同志の肉体と誇りを愚劣としかいいようのない理由で傷つけることに荷担し、次々と死に追いやった一人であったからだ。おそらく、彼自身も愚劣さを胸の内で反芻しながら。〝加害者〟である岩田をも理解しなければ、追体験は不可能となる。

シンパといわれる進歩面の野次馬たちからおしゃべりを奪い、公安警察の思惑どおり雲散霧消せしめた「大量リンチ殺人事件」。常に集団対単独という構図でなされた蛮行を、識者たちは〈病理〉と得意気に診断した。それは悪魔祓いの呪文だった。身の毛もよだつ怪現象にも名前があると知っただけで、人は安心する。専門家は大衆の期待によく応えたわけだ。おかげで事件は、たちまち年表の数文字に封印され、死者たちは憐れみの過去帳に隔離された。悪霊は退散したのだった。……本当に？　それは別のものに姿を変えただけではなかったのか。

岩田が悪霊に魅入られ、自分はそうはならなかったのは、偶然にすぎない。それは過酷な偶然だ。岩田のような友とは二度と出会えない。いや、友というより、やはり「同志」がふさわしい。肩を組んで階段を駆け上がろうとしていたあの頃。売れっ子小説家から煽動されなくたって、見るまえに跳ぶのは自明のことだった。認識と行動の幸福な一致。

しかし、階段はいつしか急峻な隘路《あいろ》となり、ついには分岐する。

それは、国策に反対する「同盟」を名乗って徒党を組んだ民草を、滑走路にすべき土地から力ずくで引き剥《は》がす日だった。鈍い銀色の盾と群青の服の隊列が大量に動員されていた。無数の怒号と悲鳴と血を受けとめた大地のそこかしこでタイヤが燃やされ、農村を襲った稀にみる暴風に抗議する黒煙が、冷え冷えとした空に幾条も猛り昇っていた。

その地を耕す人々は、壕を掘り体を鎖で立木に巻きつけ糞尿をかぶって、侵入者を追い出そうとした。各地から若い助っ人が群れをなして駆けつけた。しかし、よく訓練された隊列は防御に堅く、攻撃は強力だった。放水と重機と催涙弾には、棒と石と火炎瓶が立ち向かったが、力の差は歴然としていた。立木は人を抱いたまま伐《き》られた。櫓《やぐら》は人を乗せたまま倒された。壕は人を潜めたまま埋められた。まつろわぬ者たちは泥のなかに引きずり出され、耕してきた土、耕しつづけるはずだった土に別れを告げさせられた。数年後、観光客を満載したジェット旅客機が飛び交うことになる上空は、喧《やかま》しいヘリコプターがひっきりなしに旋回し、地上では、商品価値のある衝突シーンを撮影しようと、『報道』の腕章をつけた連中が盾のうしろに群がった。

京で貴族が最後の栄華を貪《むさぼ》っていた頃、新皇を名乗る武士が中央政府からこの地を含む関東一円の支配権を奪ったことがある。それは、わずか数年間の「乱」だったが、平定後、坂東の夷《えびす》に帝の威光を示すため壮大な寺が建立された。現在も隆盛を誇るその寺の塔の水煙が、遠くに望めた。

それから千余年後の攻防は、そのような大それた反乱などではなく、むしろ平穏に暮らしていた老若男女が、その地で命をつなぎたいという意思を、直接、国家の意思と対等の位置に置いて貫こうとした、圧倒的に不利な〝けんか〟だった。そこに〝街頭鬼ごっこ〟で劣勢となった若者たちが、強きをくじき弱きを助けようと加勢した。戸崎弘と岩田清二もその中にいた。

畑と山林が穏やかな風景を守っていた広大な台地の上を、抗議の拳をあげ石を投げ、地理もわからず逃げたりしながら右往左往するうち、農家の庭先に迷い込んだ。鉢巻きに襷《たすき》がけでモンペ姿の「おっかあ」が、ごくろうさんっ、ごくろうさんっ、と次々に不揃いなコップで誰彼かまわず、冷たい井戸水をふるまっていた。ひりひりする喉から五体へしみ渡った。

突然、「凶器」を持った集団が庭を駆け抜け、裏の林に逃げ去った。それを追って制服の一隊が敷地になだれ込もうとした。「おめえら、入ってはならねえ」と両手を広げて立ちはだかった「おっかあ」。戸崎は、女の人が、しかも母親ほどの歳の女性が、官憲に対してかくも堂々とした態度を示すのを生まれて初めて見た。とてもかなわないと思った。

先頭の隊員にとっても初めての体験だったか。それとも、やはり自分の母親を思い出したのか、一瞬ひるんで立ち止まった。が、白い棒を振り回す上官に督励され、民間人を邪険に押しのけながら、部隊は威圧的な靴音を残して林に突撃していった。

尻餅をついた「おっかあ」に駆け寄って抱き起こした戸崎は、岩田がいないことに気づいた。セイジ、どこだ。戸崎は呼びながら捜し回ったが、騒然とした現地で再び会うことはなかった。

その日の逮捕者数百人のうちの一人に岩田がなっていたことを知ったのは、数日後だった。処分保留で釈放された岩田は、まだ癒えない顔面の傷を誇示するように昂然と頭を上げ、サークル室に入ってきた。そして、仲間の心配の声をよそに、彼は宣言するかの如《ごと》くいった。

「防御的武装から攻撃的武装に転換を図らなければならない」

それが俄《にわ》かになされた跳躍なのか、あるいは積み重ねてきた思惟の結論なのか、おそらくは前者だったのだろうが、しかし、戸崎は、直ちにその宣言を否定する語彙を用意してはいなかった。

『研究会』に空港反対運動の支援を提起したのは、戸崎だった。多くのメンバーは賛成だったが、星俊太郎は『会』として支援活動を行うことには、最後まで同意しなかった。

その頃、大学内での党派のコミットを牽制するため、いくつかの自発的な集団が『サークル連合』という名称でゆるく結合していたが、サークル連合有志というさらに曖昧な主体で参加を呼びかけた。岩田も呼びかけ人に名を連ね、空港建設を断固阻止すると決意表明したものの、門前町でもある現地の駅前では、この辺は落花生が名物らしいな、と行楽気分も隠さず土産物の店をのぞいていた。そういう岩田を、物見遊山じゃないぞと険しい目で見たことを思い出す。自分が一歩先へ進んでいるという意識……。

戸崎は脚を摩る手をとめた。心臓が不快な膜に包まれた。あの日、落花生でも食いながら一緒に帰っていられたら、岩田は今、この山荘で談笑の輪のなかにいたかもしれない。いや、いるに違いない。そして、そうであれば、幽明を隔てる彼我《ひが》は、まさに逆でなければならない。

雲の合間から輪郭の鋭い月が青い光を放っていた。

高原良一は、唸り声に目を開けた。自分の喉から発した音だった。鼻の脇に温かいものを感じた。触った指がネバネバする。額に当てると皮膚がざっくり裂けていた。月明かりで指は黒く見えた。ドアにもたれていた姿勢を直してシートに頭を預け、瞼《まぶた》を閉じ深呼吸をした。尻ポケットからハンカチを出そうと腰を浮かすと、全身の節々に電流のように痛みが走った。右腕は肩から先が痺れていた。どうすべきか考えたが、何も思いつかなかった。

悦子。心のなかで叫んだ。身をよじってドアを開け、何倍にも重くなった体をようやく外に出した。なんとか立つことができた。湖畔へ下る坂の途中だった。売店まで歩けそうにはなかった。山荘に戻って、代わりに誰かに行ってもらうしかない。

ありえない急坂だった。そそり立つ地面が目の前にあった。膝は力を入れるたびに痙攣《けいれん》した。何者かが羽交い締めにして登らせまいとしているようだった。小石に乗せた足が滑って四つん這いになった。右肘が力なく折れ、側頭から倒れた。耳が濡れた土に擦られた。地面が前後左右に大きく揺れ、宙に浮いたかと思うと暗黒の巨人にのしかかられた。風を切って振れるブランコにしがみつくちっぽけな蟻の気分を味わった。

　木星の引力に匹敵するに違いない重力に耐えて、高原は上半身を起こし呼吸を整えた。乾いた口の内は金属の匂いがした。ワゴン車を振り返った。揺れる森はなかなか焦点が合わない。ルームライトが灯る自動車は時化《しけ》に揉まれる小さな漁船のようだった。

　どのくらいそうしていたのか、高原はめり込むほど奥歯を噛みしめ、再び起《た》った。平衡感覚はいくらか戻っていた。それにしても行手を阻む急傾斜は、大型連休最終日の午後七時、東京まで五十キロ地点の高速道路で大渋滞に遭遇した行楽帰りの勤め人の我が家までの道程よりも、無情だった。

悦子。高原は涸れた声を夜空に発し、一歩踏み出した。

　山荘は静まりかえっていた。星俊太郎、杉野進、高原陽子の三人は、先程の電話以来、押し黙ったままホールに佇んでいる。懐中電灯は消され、戸崎弘が予備に置いていった蝋燭《ろうそく》が、陶器の灰皿の上で彼岸的な炎を揺らめかせていた。

タスケハナイ。星は受話器から洩れた言葉を反芻していた。援《たす》けはない。狼狽したのはそれが示す意味ではなく、声だった。なぜなら、それはほかでもない星自身の声だったからだ。援けはない。録音の声のように他者が聞く声ではなく、しゃべるとき自分だけが聞いている声だった。自分がしゃべったのか。

幻聴だろう。星は考えた。極限状況の遭難者でなくとも、たとえば肉親の葬儀が終わったあとにその声や足音を聞いたり、馴れない静寂のなかにいると耳が勝手に音をつくりだしてしまったりすることがあるように、緊張と弛緩の狭間では感覚とは実に頼りないものであると、いつか読んだことがある。なんでもないことも特異だと思い込めば、たちまち魔物が出現する。欧州に一個の妖怪徘徊せり、だ。

しかし怪力乱神を否定することは、それを語らないことと違う。存在の証明は証拠がひとつ有りさえすればよい。だが、不存在は全世界を証拠として提出しなければならない。ニュートンもアインシュタインも物理学を神の存在証明と考えていた。宇宙の法則が整然たる数式で表せるのは、神が世界を創造したからにほかならない、と。

旧《ふる》い知人が最近流行《はや》りの新興宗教に入信した。かつては己の思想こそが唯一〝科学的〟であると口から花火をあげていた。『空想から科学へ』の次は『科学から妄想へ』かと皮肉ってやりたかったが、「破産した理想をさかなに考えこんでいる酔いどれ」よりましだと反論されるのは目に見えていたからやめた。知人は教団内の昇進試験を突破して支部長になり、勤めを辞めた。それを冷やかに見ている己の眼の片隅に、一部がずれて流れてしまったコピーのような割り切れなさがあることも自覚してはいた。電話から自分の声が聞こえたなどと話したら、何というだろう。そう。それにさっきの、あれもある。この建物はおかしい。杉野がいた部屋の隣は……。ま、明日になればわかることだが。

援《たす》けはない。それにしても、ひっかかる。幻聴なら幻聴で、その理由があるはずだ。援けが来ないことを恐れているのだろうか。それとも無意識が援けを拒んでいるのだろうか。忘れ物をしたはずなのに何を忘れたのか思い出せないようなもどかしさ。些細な空白が記憶の中枢を浸食しはじめたかのようなはがゆさ。

杉野は有里のことを考えようとしていた。思い違いとして封じ込めたはずの迷いは去らなかった。背中を押したのは永森しかいない。だが、押された背中は有里だと訴えている。どちらも不可解だし、どちらもありえない話ではない。理由もあるといえばあるし、ないといえばない。蝋燭の炎の翳《かげ》に永森と有里が交互に現れては、杉野に得体の知れぬ敵意を向けてふっと消えた。ふたつの可能性は親密だった。重複していた。杉野は炎から目をはねのけ、ふたつを引き離した。

スクーターで巡った湖周辺の、闇に包まれた夜の光景が思い浮かんだ。昼間、有里はボートで不気味なものを見たといっていた。杉野も何かが当たった衝撃を感じた。

冷たい朦朧《もうろう》とした湖面。大粒の雨に波立つ湖面。その湖面におぞましいものが浮かび上がり、この山荘をじっと覗っている。有里はそれに誘われるように湖に足を入れる……やめやめ。なんてくだらないこと考えているんだ。ホラー映画じゃあるまいし。しっかりしろ。

陽子は、男たちのやっていることが、どこかしら現実離れしているように思えてならなかった。騒げば騒ぐほど、猟犬に追いつめられた野兎のように、悦子はこの山荘の奥へ奥へと迷い込んでしまう。昂《たかぶ》った男たちに任せるよりも、静かに自分一人で捜せば悦子は見つかるのではないか。

なかでも、夫の興奮ぶりには妙に不安にさせられる。夫は、結婚する前から一度も大声を上げたことはなかった。悦子がまだよちよち歩きの頃だった。陽子の実家からの帰り、電車の中は疲れた乗客で混雑していた。夫は悦子を抱きどおしだった。

前のボックス席が空いた。足元の荷物をとろうとした夫に小学生の男の子が二人ぶつかった。よろけて悦子の頭が肘掛けに当たり、泣きだした。男の子たちはその隙にちゃっかり座り、大声でおとうさん、おかあさんと呼んだ。乗客をかき分けゴルフ用のスラックスに白い靴を履いた同年代の父親がやって来て、我が子の頭を気遣うもうひとりの父親を尻目に「よーし、よくやった」と孝行息子を誉めながら、窓際の席に座った。やや遅れた母親は、泣いている悦子を横目で見ながら向かいに座った。

陽子は夫がどうするか見守った。周囲の乗客の関心が集まっているのも感じられた。が、夫は悦子を抱きなおし、団塊オヤジと団塊ジュニアを目の玉が飛び出るほど睨《にら》みつけたまま、顎《あご》の筋肉をひきつらせ、一言も発しなかった。

結局、陽子が母親に事の次第を説明し、席を一人分空けさせた。父親の隣に押し込められた発育のよいハンバーガー・ボーイは、あからさまにふくれっ面をした。腹の膨張したオヤジのほうは、缶ビールを開けて床にプルトップを捨て、顔を窓に向けたまま飲みはじめた。陽子を座らせ悦子をあずけると、夫は元の表情に戻ったが無言だった。一度も正面を向くことなく缶を空けた父親は、次には首を深く折り曲げ居眠りの蛸壺に入った。悦子だけが膝の上で言葉にならない無邪気なおしゃべりをつづけていた。ハンバーガー・ボーイは悦子を見て、「かわいいね」と母親に同意を求めた。

空気が和んだ。

幼児のおしゃべりで世の中が救われることもある。いえ、おしゃべりしなくても、笑顔があれば。かりに笑顔が見えなくたって、いてくれさえすれば。たとえ腕の中でなくても。この世界のどこかにいると思うだけで、救われる。不思議な存在……。

玄関の扉がゆっくりと動いた。蝋燭の炎が芯に収斂《しゅうれん》した。扉は途中で止まった。

陽子が懐中電灯で照らした。半開きの扉から人の上半身が覗き、その場で崩れた。

「あなた！」陽子は走り寄った。

良一は不自然な姿勢で横向きに倒れていた。それでも片手は空を摑んで起きようとしていた。額から顎に流れて固まりかけた血が、投げられた光を鮮やかに反射した。

重い頭を抱きかかえると良一は喉の奥で唸った。星と杉野が駆けつけ脇から支えて持ち上げた。

「暖炉の前へ運ぼう」

だらりと垂れ下がった泥だらけの腕にはいくつもの擦《す》り傷があった。陽子は声をかけながら夫と足元と暖炉とをせわしなく照らした。安楽椅子に良一を寝かせた。薪《まき》は白い灰が覆っていた。ふうっと吹くと灰は散り散りに舞い上がったが、火はまだ生きていた。健気に立ちのぼるささやかな炎は陽子を励ました。

「お湯と包帯と毛布」陽子は叫んだ。星が厨房に向かった。杉野は一瞬ためらったあと、居間から走り出た。

頭からの出血は止まっていたが、傷口はかろうじて血糊に塞がれているだけだった。耳元で何度も呼びかけると、薄く開いた唇が微かに上下した。手足は小刻みに震えている。衣服に点々と血の痕がついていたが、ほかに怪我は見当たらなかった。星がコップに水を持ってきた。

「とりあえずこれを。お湯は今、戸崎が沸かしているから」

「さあ、水よ。飲める?」

良一の頭を支え、腫れた唇にコップを近づけた。口の内側も切れているようだった。少し流し込むと、良一は眉間に皺を寄せ、苦しそうにむせた。杉野が毛布とシーツを差し出した。

「二階から、か」星が尋ねると、杉野は、ん、と頷いた。

陽子は毛布を夫に掛け、シーツに犬歯で切れ目を入れ一気に引き裂いた。それを頭に巻いているところに、戸崎が鍋に沸かした湯とタオルを持って現れた。陽子は包帯を星に任せ、湯に浸したタオルをぎゅっと絞り、跪《ひざまず》いて夫の顔や腕を拭いた。

「事故ったのか」杉野が質《ただ》すと、高原は瞼を閉じたまま大儀そうに顎を引き唾を呑み込んだ。やや落ち着いてきた呼吸が再び荒くなり、粘膜を剥がすような声で高原はやっとしゃべった。

「ハンドルをとられた。木にぶつかった」

「電話は?」杉野は屈《かが》みこんで顔を寄せ、低くいった。

高原は目を見開き、すぐに閉じて「まだだ。売店まで行っていない」といった。

「俺がスクーターで行こう」そういって、杉野は頼もしげな足取りでホールに向かった。

「気をつけてな」

扉を開けようとする杉野の背に星が声をかけた。杉野は足を止めて振り返った。暗いなかで表情に笑みがよぎったように見えた。その幻像を残して、扉は閉められた。

「杉野さんが行ったから大丈夫」陽子は毛布を掛け直しながらいった。

しかし、高原は重大なことをいい忘れたかのように星を呼び、早口で囁《ささや》いた。

「復讐だ」

「なに？」星は高原の薄く開けた眼の奥を見つめた。

「これは、永森の、復讐なんだよ。俺たちへの」

「……」

原動機の呟き込むような音が聞こえてきた。厚い静寂と昏《くら》い冷気が心細いエンジンを脅かした。救援を求めるスクーターは旅立ちを告げることもなく、孤独な夜のなかへ出発した。


星俊太郎は戸崎弘にランタンを持たせ、勝手口に積まれてある薪から何本か適当な太さのものを選び、両腕に抱えた。柩《ひつぎ》のような匂いがした。厨房に戻って一旦床に下ろすと、手をはたきながらいった。

「おまえはどう思う。やはり永森だと思うか」

「……どう思うと訊《き》かれても」戸崎は一瞬、街頭インタビューで横綱引退への感想を求められでもしたかのように鼻の先に苦笑を滲ませ、そしてすぐに口許を引き締めた。
「高原がいうのは、あのときのことだろう。しかし、復讐とは、あまりに……」
「今さら」星は薪を一本手に取り、灰色の木肌と白い切り口を見比べた。太いささくれを爪で剥がし、摘まんで裂いた。静かに薪を戻し、その大きめの楊枝を指先で転がした。「我々に、か」

対立する党派に監禁された活動家が大学内でのリンチの果てに死亡するという、衝撃的な事件の直後だった。戸崎弘と永森真也は、ロックアウトされた学生会館前でビラを配っている最中、四分五裂した大学自治会の主導権を争う党派のひとつに拉致された。

複数の党派や集団が別個に進んで共に撃つ、それが可能な時期もあった。しかし「民主化」を旗印とするその党派は、かねてから敵味方を原色で色分けすることに心血を注いでいたところ、叛乱の退潮を自治会を奪い返す好機とみて、曖昧な〝分子〟の掃除を開始した。つまり、落葉になるか、害虫になるか、どちらかを選択せよというわけだ。それは露骨な恫喝《どうかつ》だった。そして暴力を伴う恫喝は日常茶飯事だった。『研究会』は敢えて彼らを無視した。しかし、無視が敵対を意味するまでに、情勢は悪化していたのだった。

サークル連合のひとりが、たまたま二人が連れ去られる現場を目撃し、直ちに星俊太郎に通報した。急遽メンバーが呼び集められた。これまでの小さな摩擦の積み重ねが生んだ緊張が一挙に膨れ上がり、その圧力に議論は押しつぶされた。結論は単純だった。人質の交換だ。目標は近くにいた。いや、目標を思いつくほうが先だったか。たまたま永森の恋人は、二人を拉致した党派の大衆組織で活動していた。彼女は永森らが捕らえられたことを知らず、他愛もない口実で誘われるまま地下室にやって来た。事実を告げられると彼女はひどく驚き、自分が説得して二人を解放させるから行かせてくれと頼んだ。

それは考慮に値しない提案であるとして却下された。この事態は人情劇ではなく政治劇の範疇であるとの理由だった。部屋には、拉致した党派に対する非難、憎悪、憤慨の声が充満し、彼女にぶつけられた。予想だにせぬ敵意に堪えられなくなったのか、彼女はドアに駆け寄り脱出を図った。杉野と岩田が取り押さえ、高原が両手を使い古しのタオルで縛って長椅子に座らせたが、なおも暴れたためさらに足首も縛った。衣服がはだけて下着があらわになった。

ところがそこに、永森だけが帰ってきたのだった。しかも無傷で。

その党派がなぜ永森ひとりを帰したのか。彼の自己批判が功を奏したのか、使者の任務を負わされたのか、あるいは内部に亀裂を生じさせるためなのか。仲間に語るべきことを抱えつつ地下室に足を踏み入れたはずの永森は、着衣を乱して縛られた彼女を認めるなり言葉を失い、みるみる表情をこわばらせた。立ちすくむ彼の堅く縫い合わされた唇に色はなく、思いもよらない帰還に戸惑う面々を見返す眼は、瞬きを忘れたように見開かれていた。

交差する無言の詰問と沈黙の釈明を断ち切るように、彼女が永森の名を呼んで立ち上がろうとした。おい、といって杉野進は彼女を椅子に押しつけた。その反動で彼女は床に崩れ落ちた。小さな悲鳴は永森が杉野に摑《つか》みかかるのと同時だった。受け身の杉野は窓際まで後退した。高原良一と寺山民生が二人を引き離そうと割って入り、揉み合いになった。

二人がかりで長椅子に掛けさせられた永森は、夜勤明けの労働者のように重い腕を垂らして固い椅子に体を預けた。彼女は部屋の隅に移された。

星が事情を説明した。永森は首を深く折り、星が語るにまかせていた。次はおまえの番だ、戸崎はどうした、何があったのか話せと星は促した。永森は姿勢を変えずに、上目遣いに星の顎のあたりをわずかの間凝視した。けれども、再び視線を床に落とすと、かたくなに口を閉じつづけたのだった。

煙草の吸殻が灰皿に山となり、澱《よど》む煙とともに空気が膠着《こうちゃく》した。なぜ一人で帰ることができたか、納得できなくとも一言説明があれば、いや、この対抗手段に対する非難であってもいい、とにかく言葉を発してさえくれれば、安全ではないにしろ座礁を免れる航路を見つけることができたはずだった。しかし永森は、理不尽な訊問を拒絶するかのように身じろぎもせず俯《うつむ》いたままだった。戸崎の身を案じる面々は、次第に苛立ち、焦り、永森の〝黙秘〟に映る己の姿が、あたかも自分たちが叛旗を翻す「権力」の同族となってしまったかのような思いにとらわれた。

それが一層敵意をかきたてた。次々と言葉にされる〝被疑者像〟は、スローガンや落書きで埋められた壁に響くたびに罪を重ねた。『研究会』の活動を脅かす原因が目の前に座る男であるとしたら、無罪放免というわけにはいかない。忌まわしい時間が無為に過ぎていった。それまでほとんど喋《しゃべ》らなかった岩田清二がぽつりといった。限界だな。何が限界なのかわからないが確かに限界だ、皆がそう思ったとき、彼女の喉から嗚咽《おえつ》が洩れた。永森は中腰になって歩み寄ろうとしたが、彼女が失禁したことを知って数瞬その姿勢のまま迷ったあと、ゆっくりと腰を下ろし掌で顔を覆った。杉野が手近なヘルメットを床に叩きつけ罵《ののし》った。岩田が永森の前に立った。そのときだ。河本直美が地下室に駆け込んできたのは。

戸崎君が救急車で運ばれた！

駆けつけた病院では、全身に怪我を負っていて意識はない、といわれた。それを聞いた永森は廊下に膝をついて、すまん、すまんと号泣した。メンバーは、永森がひとりで逃げてきたことを、そのとき知ったのだった。翌未明、永森は大学近くにあるアーチ式の石橋の重厚な欄干上に直立不動の姿勢で立ち、はるか下の川面に向かって身を投げようとしているところを、警察官に保護された。心配した親は、永森をなかば強制的に郊外の療養所に入れた。つづいて岩田がふいと姿を消した。そして、季節の移ろいと歩調を合わせるように、『研究会』も活動を休止した。

「あの件を、いまさら蒸し返そうというのか」星は自問自答するようにいった。

「僕はその場にはいなかったわけだけど」戸崎は醒めた口調でいう。「少なくとも復讐などする人間ではないだろう、永森は」

ビラ配りの最中、永森がまず一人の男から話しかけられた。少し離れた戸崎には何を話しているのか聞こえなかったが、そのうち口論になったようだった。ビラを配る手を止めた永森は劣勢に見えた。戸崎が近づき、場所を変えようと声をかけると、それまでどこにいたのか十人ほどの男たちが急に現れて二人を取り囲んだ。危険を感じて抜け出ようとした。地回りのような罵声が飛び、ビラがひったくられた。体当たりしたが逆に腕を捩《ね》じられた。脛《すね》を執拗に蹴られた。踏みにじられたビラにつけられた横縞の靴痕を鮮明に記憶している。前後左右を取り囲まれ、頭を押さえつけられた。その姿勢のまま、あたかも一緒にデモをしているかのように彼らが歩くとおりに脚を動かすしかなかった。逃げたぞっ、と声がした。隙間から駆けてゆく永森の背中が見えた。二、三人がそれを追っていった。直後、目隠しをされた。躓《つまず》きながら引き回され、何度か角を曲がり、階段を昇り、柱のようなものを背に立たされ、後ろ手に縛りつけられた。すぐさま、脂がのった刺身の名称が連呼され、その回数と正確に同じ数だけ平手で頬を打たれた。それがどうにもおかしくて、笑いがこみ上げてきた。状況を考えろと自分にいい聞かせたが、痛みもなんのその、鼻から笑いの息が洩れるのを抑えきれず、俯いた。泣いているように見えたのか、審問官はフンと蔑み去った。しばらくして別の審問官が訪れ、異端者を教誨《きょうかい》し、改悛の情が皆無であることを知ると、拳の祝福を与えた。次に登場した司祭は、天使の羽の枚数について説教し、彼を取り巻く教区の修道士たちが、いかにこの背教者が伝道活動の妨害をしているかを報告すると、寛大にも改宗のきざしがあるまで監視下におくよう命じた。

その後はカタコムへの出入りは途絶え、ときおり壁を隔てて話し声が聞こえる以外は、人の気配はなくなった。戸崎は岩窟王にでもなった気分で柱によりかかり、目隠しをずらそうと後頭部を擦《こす》りつけながら立ちつづけた。捩じられた腕は痺れきって、肩から先が自分のものではないように感じた。それでも紙の匂いに妙に安心したりした。なぜだか無性にカルピスが飲みたかった。

ほかに何を考えていたか覚えていない。突如、叫び声と乱れた足音がした。激しい物音。数人が駆け込んできて戸崎の鼻先を過《よぎ》った。倒れる音と悲鳴。目隠しが荒々しく外された。暗かった。夜になっていた。ヘルメットが識別できた。タオルできっちりとマスクをしている。敵の敵は味方、だからなのか、何もいわず縄を解くと、手当たり次第部屋中のものを壊しはじめた。もうひとりが、隅に蹲《うずくま》る何人かの背中を太い棒で撲《なぐ》っていた。

新興の《憂鬱なる党派》が老舗の《憂鬱なる党派》を襲撃したのだった。すぐに逃げだすべきだった。しかし戸崎は足下の棒を拾いあげた。モップの柄だけ残したものらしかった。が、それでどうするつもりがあったわけではない。次の目標に向かう襲撃者につづこうとした。と、押し戻された。修道会の援軍が到着したのだ。戸崎は窓際まで突き飛ばされた。椅子やビール瓶で武装した修道士たちがなだれ込んできた。窓を開けた。ヘルメットが黒い群れのなかに埋もれた。戸崎は躊躇せず飛び下りた。地上は遠かった。思い出したこともなかった記憶の断片が、生々しく甦《よみがえ》った。懐かしい人が呼ぶ声さえ聞こえた。このまま飛びつづけるのではないか、と思ったとき、巨大なものと衝突した。体も意識も粉砕された。だが、それで済めば、まだよかった。横たわる戸崎の上に、さらに二人が落ちてきたのだった。

意識が回復してからも、しばらくは自分が誰なのかわからなかった。どこかの夫婦が、ヒロシと呼んで涙を拭いた。どこかの若者が、頭を垂れて許しを乞《こ》うていた。別の若者たちは、命に別状がないことを我がことのように喜んでいた。実に居心地が悪かった。しかし、みな、いい人たちだった。あのまま記憶が戻らなければ、どんなによかったろう。死んでいれば、もっとよかった。

そうだ、あのとき死ぬべきだったんだ。そうすれば……。

二階で物音がした。


冴えた月が湖の上にあった。路傍の樹木が、ぬかるんだ道に複雑な形の影をつくっていた。

杉野進はブレーキから手を離さず下り坂を徐行した。エンジンの回転と連動するライトは、ほとんど頼りにならなかった。山荘から五十メートルも行かない路肩に、ワゴン車がつんのめるように傾いて停まっていた。中途半端に開いたドアの隙間から手を伸ばし、キーを抜いた。いったんポケットに入れたが、思い直してシートに置いた。

湖畔は明るかった。売店のトタン屋根が白く光っていた。テラスに横付けし、雨戸の前の黄色い公衆電話に歩み寄って受話器を上げた。硬貨を探しながら緊急用のボタンがあることに気づき、それを押した。が、なんの反応もない。もう一度押した。やはり同じだ。つづけてさらに数回。変わらない。硬貨を入れてみる。留まりもせず、軽い音をたてて戻った。

弱り目に祟《たた》り目ってやつだな、こりゃ。どうする。

湖面に月が浮いていた。淡い雲が月の面を撫でていくのさえ映っている。風はまったくなかった。桟橋の下から小さな水音が聞こえた。ボートを繋いだ綱が微かに軋《きし》む。指先が冷たかった。肩から腰から力が脱《ぬ》けていくのがわかった。綺麗な月に精が吸い取られているかのようだった。見渡すかぎり、杉野以外に人はいない。山荘に数人、他の人間たちは山を隔てた彼方の下界だ。

男性と女性との関係いかんは、どの程度にまで人間が人間的になっているかを示す尺度である。けだし……。

杉野は、もう何もやることがなくなったような気がしてきた。やるべきことも、やりたいことも、すべて終わってしまった。有里に押されたとき落ちていればよかったんだ。そうだ、あれは有里だった。いや、別れた女房だったか。それともバンコクの少女、何も映さない大きな黒い瞳の。あるいは、俺の注文に応じて素直に股を開き、奥まで露出した女たち。そして、バリケードの中で、なかば犯すように関係した女子学生。犯したのではない。抱擁はごく自然だった。が、いざとなったら顔を引っ掻かれた。ふん。一日に何度も勃起する年頃の男が途中でやめられるか。

そういえば、あの膝の堅さは、近頃、夢にみることがある。萎えてしまう前に開かせようと手を割り入れたいのに、股座《またぐら》から親指の先まで接着剤で張り合わせでもしたようにピッタリと両脚は吸いついて、爪すらこじ入れることができない。うしろに回しても尻の割れ目は浅くてひっかからず、指はつるつる滑るばかりだ。そのうち、女の脚は冷たい光沢を放つマネキン人形の下半身であると気づく。ツルツルで何もない。そうなってしまったのはあんたのせいだと、どこかで見知った顔の女が俺の股間に怨みの矢を放つ夢。ゲバルトは孤独に射精する。

　パーカーのポケットに手を突っ込んだ。何かに当たる。触ると、煙草とライターらしかった。店番のものだろう。格別、喫《の》みたくはなかった。けれども取り出し、一本くわえて火をつけた。一ヵ月ぶりの煙は、二十数年前に初めて吸ったときの味がした。昔はハイライトだった。あの頃と違い、マイルドなんとかというやつなのに、同じ味とは不思議だ。一服吐いて二、三秒すると、地面がゆっくり傾いた。脳が酸欠に脅え、心臓を支える細い血管が縮みあがった。素晴らしい快感だった。

　杉野はテラスから一歩降り、そこに腰を下ろした。人指し指と中指の間にある吸い口を親指で撫ぜた。シガレットの直径は、女の乳首を基につくられたと聞いたことがある。唇でくわえるのに快い太さなのか、オトコどもをターゲットにしたからなのか、それともつまりは両方なのか。不完全燃焼の煙が、白い乳首を通って肺に流れるたびに、葉は赤く燃えて灰になってゆく。掌を返してみると、フィルターぎりぎりまで灰になっていた。しかも形は崩れはしたものの、一度も落ちることなく、元の長さのままで。

死体を火葬にしたとき、長患いの場合は骨が脆くなっているから、残る遺骨は少ないそうだ。でも、健康体、特に若い年代の事故死体は、昨日までピンピンしていただけに普通に焼いただけでは骨壺に入りきらないという。ああ、確か田舎のおじいちゃんのときも、頭蓋骨だけが丈夫だったらしくて、生前の禿《は》げ頭が目に浮かぶくらい残っていた。骨壺には足の方から入れるから、その元気な頭が最後になって、けれども蓋が閉まらないので、係員が水割りの氷でもつくるみたいにガンガン砕いていた。おじいちゃん、痛くないかなと子供心に変な心配をして、自分の頭に手をやりたくなったことを思い出す。そして箒《ほうき》と塵《ちり》取りで集めた灰を入れて、ジ・エンド。焼き上がったばかりの骨の、あのムッとくるような熱さも忘れられない。まだ背が低かったせいか、顔が火照《ほて》るほどだった。そう、だから、キャンプ場にあるずらっと並んだ四角い竈《かまど》を見ると、いつも焼き場のイメージが蘇るのだ。

岩田清二。誰にもいってないが、俺も誘われた。いや、誘われたといういい方は正しくない。やつからすれば、俺にもチャンスを〈分け与えた〉のだ。やつは一方通行の赤い橋を渡り、俺は渡らずに引き返した。

——銃がある。

床がぎしぎし鳴る名曲喫茶の薄暗い階段下の、膝が触れ合うほど小さなテーブルを挟んで、やつは細く長く煙を吐き出した後、そういった。分厚いカップのぬるいコーヒーを俺は一口飲んだ。酸っぱかった。ミルクを注ぎ足しても底に澱んだまま、黒い色は変わらなかった。不釣合いに大きなスプーンでかき混ぜると、ミルクはヘドロのように浮き上がってきた。

やつは腕を組んで前かがみになり、俺を見据えた。ウェイトレスが脇を通るたびに、テーブルは居心地悪そうに揺れた。俺は何と答えたのだろう。いや、俺は、俺は一言も答えなかったのだ。やつは立ち上がった。俺は三秒間俯き、そして上目遣いに仰ぎ見た。やつは、口の端に微かな微かな笑いを滲ませ、俺を見ていた。そのとき俺は思った。こいつは知っている。青黒い波浪のように押し寄せてきた機動隊と衝突する直前、俺が両脇の学生の腕を振りほどいて逃げたことを。

新学期が始まって間もない頃、〈全学休講・立入禁止〉の貼り紙が掲げられた正門前で、俺は大学に大衆団交を要求するグループの演説を聴いていた。突然の休講に登校した学生たちも立ち去らず、その数は膨らむ一方だった。

――警察機動隊が来た、学友諸君、スクラムを組んで集会を守ろう。弾圧を跳ねのけよう。

ハンドマイクが緊張した声でがなった。初夏の陽差しのなかに突如、乾燥した寒風が侵入した。学生たちの頭越しに、青黒いヘルメットと鈍い色の盾が見えた。俺は考えるまでもなくスクラムに加わった。塊が押し寄せた。背後からも押された。大楯が路面を擦り、黒い編上靴の列が乱れた。警棒が振り上げられた。その瞬間、ふと閃《ひらめ》いた〝逮捕〟という文字に、俺は逮捕されたのだった。俺は「一般学生」に逃げ込もうと、組んだ腕を振り解いた。ところが、上着が隣の学生のボタンに引っ掛かった。俺は焦った。

揉み合う機動隊とスクラムの学生。距離を置いて取り巻きながら一斉に怒号とも喚声ともつかぬどよめきをあげる「一般学生」。その狭間で、ラッシュアワーのホームで落とした十円玉を拾っているみたいに、俺は間が抜けていた。引っ張られた学生は何事か叫びながら振り向いた。髪の長い女子学生だった。俺は状況をわきまえず、すげえ美人だ、と思った。彼女は痴漢の手を打擲《ちょうちゃく》するように、俺の上着を振り払った。卑怯者を見返した彼女の蔑むような眼差しを、俺は死ぬまで忘れないだろう。

とはいえ、急ごしらえのスクラムは機動隊がたやすく破れる程度のものだった。何人かが顔を朱に染めて引きずり出された。楯と人間のぶつかる音が腹に応えた。立て看が倒され、ベニヤ板が蹴破られた。しかしそのときには、二、三百人、いやそれ以上に膨れ上がった学生たちは傍観者ではなくなっていた。機動隊一個中隊を包囲するように路上に溢れ出て、交通を遮断した。催涙弾が打ち込まれ、それが投げ返された。石が飛んだ。ゴミが飛んだ。弁当箱までが飛んだ。

こちらは△△警察署である。諸君らの行為は××法及び××条例に違反している。

直ちにやめなさい。事務的な警告が指揮車から繰り返され、機動隊は数分間、正門を確保したが、結局、圧倒的な数の学生が一丸になって叫ぶ激しい「カエレ、カエレ」を浴びながら、最後の一人まで撤退の隊形を糞真面目に守って灰色のカマボコ車の中に消えた。

正門前は拍手と勝鬨《かちどき》が渦巻いた。抱き合って喜ぶ者、鎮まらぬ怒りで震えている者。期せずして校歌の合唱が広がった。衝突前、校内に向けられていたハンドマイクは勝利した学友たちに向きを変え、すぐさま集会が再開された。先ほどまでの「一般学生」が次々とマイクを握った。大学当局と機動隊を非難する演説、シュプレヒコール、さらにジグザグデモ。急展開する光景の直中で、まるで役に立たなかった拳を人に見られまいと、俺はスクラムから抜けた位置をほとんど動かず、交差点の真ん中にとり残された野良犬のように尻尾を垂れていた。

その悔やみが、その恨みが、その負債が、俺にヘルメットを被らせたのだ。しかし、やつの微かな微かな笑いは、俺の三年間の汗くさい返済を帳消しにしてしまった。やつは無様な俺を知っていたのだ。臆病者の俺を覚えていたのだ。俺は尻尾を垂れた犬に戻ってしまったのだ。

そしてやつは鋭く踵《きびす》を返し、去った。テーブルの上には長い吸殻と口を付けないままのカップ、それにコーヒー二杯分の請求書を残して。やつの不在を埋め合わせるようにわずかに空気が動いた。階段を降りる音が遠ざかった。それが、俺の見た最後の岩田清二だった。

銃声の二月。衝撃の三月。A山荘から機動隊に向かって銃をぶっ放しているはずの岩田が、実は、すでに山奥の凍てついた地面の下で傷だらけの屍《しかばね》となっていたとは……。

そして、俺は人並みに卒業証書を受け取って就職した。ああ、つい昨日のことのような気もするし、本当にあったことなのか信じ難い気もする……。

煙草は消えていた。悟りきった月の光は、すべてを分け隔てなく照らしたが、自分の体だけは透過してしまうように思えた。杉野は、むしろ山荘に戻らないために、峠を越えることにした。下っていけば、どこかには電話があるはずだった。それで役目は終わる。あとは誰かがやってくれるだろう。パーカーのジッパーを首まで引き上げ、スクーターのハンドルを握った。湖面をエンジンの音が淋しく渡った。杉野は昨夜来た道を、ゆっくりと引き返した。

こんなに遠かったのか。寺山民生は鼻からため息を大きく吐き出した。対向車も途絶えた狭い林道は、似たようなカーブが幾度も幾度も現れた。手前で異様に輝く〈警笛鳴らせ〉の標識は、どれも支柱の汚れ方が同じで、曲がるたびにたった一つの標識が次々と先回りして立っているように思えた。一瞬ライトに浮かんでは消え去ってゆく名も知らぬ樹木さえ、どれをとっても違いなどなく、枝葉の繁り具合までそっくりだった。閉じた環のなかをいたずらに走らされている気がした。

寺山は、なかば無意識にUターンできる場所を探しはじめていた。一本道で間違えるはずもないが、このまま舗装もされていない山道を走るのにはためらいがあった。静寂を破る者を懲らしめるべく、車を包囲する暗黒は故障を誘い、ライトから逃げてゆく正体のわからない小さな影は、事故を画策していた。無事では済まされない気がした。ナンセンスとはわかっていても、いったん覚えてしまったその感じは心臓に根をおろしてしまう。思い出したくないことばかりが続けざまに涌いてくる。すれ違う無人の自動車。中古車のフロントガラスに映る見知らぬ顔。それに、例の亡霊を乗せたタクシーだ。客が金をとりに家に入ったまま出てこない。不審に思った運転手が戸を叩いて尋ねると、乗せた客はなんとその家の死んだ娘だった。あれは古今東西よくある話らしい。江戸時代なら駕籠《かご》。洋モノなら馬車。アメリカならヒッチハイカーが消えてしまう……くそっ、くだらんホラ話だ。何が起ころうと切り抜けてみせる。俺は途中で引き返すような腑抜けではない。

寺山はルームミラーを睨みつけた。漆黒が映っていた。太い腹で呼吸をした。ラジオからはアメリカの大統領選挙のニュースが流れていた。あの国では、大統領候補は必ず夫婦で登場する。演説の後、感激したように抱擁してキスなんかしている。その一方で、女房を殺そうとした亭主が失敗するジョークが多い。豊かになれば、離婚するのにべらぼうな金がかかるんだ。日本でもそうなるだろう。で、女房を殺せば化けて出る。女は化けるのが得意だからな。かたや、亭主は殺されても笑いものになるだけ。これは万国共通かもしれない。俺のカミさんだって、外で何してるかわかったもんじゃねえ。そういう俺も、そっちの甲斐性はなきにしもあらずだから、ま、お互いさまだ。

ニュースは同世代の大統領候補が予備選を勝ち進んでいると告げている。マイノリティの集会で出席者と『ウィ・シャル・オーバーカム』を合唱したと、『ウィ・シャル・オーバーカム』を歌ったことはないであろう若いアナウンサーは原稿を読んだ。選挙では、かつてベトナム反戦運動にかかわったことが反対陣営の標的にされていた。しかし国民は変化を訴える新大統領候補に希望を託したと、アナウンサーはつづけた。同世代の一人が世界の最高権力者になったとしても格別な関係などないのに、寺山はそのニュースに満足した。

ベトナム反戦、結構じゃないか。アメリカだろうがヨーロッパだろうが、日本だって、あの時代に反戦じゃなかったやつなんてロクなのはいない。かつて星条旗を燃やした若者が、中年に至り旗手となる。昔からそうさ。マルクスボーイが銀行頭取になり、赤い鉢巻きが菊のバッジになる。若いうちは多少はめを外したほうが肥やしになるってもんだ。

鋭いカーブを曲がった。寺山は驚いて声をあげた。道の左端に人が見えたのだ。後ろ姿だった。山登りの恰好をしていた。ヘッドライトが黄土色の古臭いキスリングを照らした。慌ててハンドルを切った。タイヤがゴロゴロと音をたて、車体が激しく揺れた。登山者を掠めるようにして追い越した。一瞬、ゾッとした。登山者が振り向きざまに車の中を覗き込んだような気がしたのだ。しかも、ドアのガラスに顔面がくっつくほど首を伸ばして。体の左半分が冷たくなった。寺山は逃げるようにアクセルを踏んだ。バックミラーは背後を映すのを拒んだ。闇が濃くなった。

登山者の顔は見なかった。だが、知っている顔だった。いや、知らない。寺山は甦ってくるものに、現れるなと命じた。魔物が抜け出そうとする小瓶の蓋《ふた》を必死で押し込んだ。中身も確かめずに遠くの海へ放り投げた。手をはたいて足元に眼を移すと、砂浜に影が黒々と延びていた。隣に魔物が立っていた。魔物は記憶の小瓶が漂う遠い海を眺めていた。

寺山は語学の老教師がテキストを開くのと同時に立ち上がった。先生、クラス討論の時間をください。教師はやや身を引いて尋ねた。何を討論するのかね。ベトナム戦争に対して我々学生はどのような態度をとるべきかということです。今でなければいけないのですか、君たちにとって語学も重要だと思うが。こうしている間にも、ベトナムでは罪もない農民が、子供が殺されているんです。……それはクラスとしての意見なのかね。

前の年、首相の南ベトナム訪問に反対する学生の一人が、機動隊との激突の中、空港に通じる橋の上で死んだ。その日以降、ヘルメットと角材と石が「闘争」における〝正装〟となり、大学には次々とバリケードが築かれ、学生街の舗道からは敷石が消えていった。

無論、暴力学生は非難された。しかし、包帯を巻いた学生が辻立ちすれば、ヘルメットに溢れるほどのカンパが集まった。現場には必ず、学生を数倍する野次馬が押しかけ、時には高校球児に対するように声援を送り、時には警官に追われる学生を庇《かば》い、時には機動隊に向かって石を投げた。長続きはしなかったが。

パラパラと拍手があった。では、実のある討論をしてください。そういって老教師は静かにテキストを閉じると、軽く会釈をして教室を出ていった。

住宅地に米軍が野戦病院をつくろうとしている。米帝《アメ》は基地だけでなく、まさに日本をまるごとベトナム侵略の前線としつつあるのだ。上級生の寺山――去年その語学の単位を落として他学部履修にひっかけてもらった――は、まだ受験勉強の匂いの残る新入生に、一種優越的な立場からデモに参加することを提起した。それから何が話し合われたのか、すべて忘れてしまった。なのに、いや、だから、討論を終えて三々五々教室から出ていくなか、実直そうな男が話しかけてきたのを、その語調までをも記憶に留めている。彼はまるで講義に対する質問でもするように感情を込めず、やや緊張した面持ちでいった。

我々は学問をするために大学に入った。学生にはその権利がある。君の意見が間違いだというのではないが、何故、授業をつぶしてまで学問と関係ないことを話す必要があるのか。アクセントに訛《なま》りが聞き取れた。学生服のように堅苦しく着ているブレザーが、出身地では地味な優等生で通ってきたことを想像させた。寺山は余裕をもって答えた。

それをサ、特権っていうんだよ。学生の本分なんて、特権の上にあぐらをかいている言い訳にすぎないんだ。それはサ、侵略に加担していることなんだ。一人の君がここで特権を享受することによって、ベトナムの農民が一人、ナパーム弾で焼き殺されるんだよ。だからサ、特権を否定しなきゃいけない。特権の上にあぐらをかいている自分を否定しなきゃいけないんだ。学生こそ、自己否定する必要があるんだよ。そうすることによって世界を変革できるんだ。そうしなきゃいけないんだ。

寺山は、「自己否定」をタイミングよく使えたことが愉快だった。真剣に聴いていた彼は、途中で数学の難問に新鮮な解法を発見したような表情に変わり、最後はデモに参加することを約束した。そして、実際に来た。だが、後に彼が本気で世界を変革できると思うようになるとは、まさか夢にも思わなかった。それが岩田清二だった。

何度も滑り倒れそうになりながらも、むしろ杉野はそれを楽しみつつ峠に到った。エンジンは白い薬でも混入したように快調だった。ずいぶん長い間味わっていなかった手応えがあった。膝から下は泥まみれ、頬にも撥ねた土塊がこびりついたが、むしろ心地よかった。それは汚点ではなく、生きてきた証であり、誇りであり、栄光ですらあった。スロットルを全開にして暗い峠を通過した。頭のすぐ上に空があった。頂点だった。空気が薄くなった。誰かに呼び止められた。声の主は知っていた。それはスクーターと同じ速さで追いかけてきた。杉野は寛容にもそれを乗せてやった。

待ってたぞ。

おお。

下りになった。徐々にスピードが増す。道が急流のように去ってゆく。偽りが洗い流されてゆく。走っているのはスクーターではない。杉野自身だった。

久しぶりだな。

ああ、久しぶりだ、久しぶりだな。杉野は心の内で反芻した。はっきりとはわからないが、久しぶりだった。とにかく久しぶりだった。圧倒的に久しぶりだった。胸が熱かった。力が漲《みなぎ》った。泣きたくなるほど、こみ上げるものがあった。敵が欲しかった。

敵はどこだ。

おまえの目の前にいる。

よしっ、闘うぞ。

おお。ひるまず進め。

杉野は固い固いスクラムのなかにいた。いかなる暴虐にも負けはしなかった。怒りもて突き出す拳は、立ち塞がる闇を切り裂いた。

男性と女性との関係いかんは、どの程度にまで人間が人間的になっているかを示す尺度である。けだし……そうだ、まったくだ。異議なし、だ。

けだし、その関係は最も自然な人間関係をなすものだからである。

事件の後、公安が岩田との関係を調べに寺山の自宅に来た。留年が決まっていた寺山は漫然と日を送っていた。おふくろは〝あの身の毛もよだつ事件〟につながりがあるとピンときたらしく、刑事を応接間に通して、おろおろしながら呼びにきた。令状は持ってた？　と訊くと、そんなことわからないと一層怯えた。裏をとりに来ただけだよ。そう宥《なだ》めた。

おふくろが過敏になっていたのは当然だった。地方からでてきた学友たちによく家でメシを食わせてやった。遅くなれば泊まっていった。そのなかにやつもいた。恐縮しながら飯を三杯もお代わりし、使った食器は自分で洗おうとする岩田は、おふくろのお気に入りだった。母子家庭で育ったことを知ると、早く一人前になっておかあさんに楽をさせてあげないとね、といらぬ世話まで焼いていた。

A山荘に籠城した「セキグン」の母親たちが、マイクを握り締めて氷雪の屋外から延々と呼びかけ説得するテレビの中継画面を、おふくろは無言でみつめていた。その五人が逮捕された後、別荘へ向かう車窓からも姿が望める山系で次々と掘り出された若者たちが、実は聞くに堪えないほど陰惨な死に方をし、そして死者の名簿のなかに岩田清二という名前があることをニュースが伝えたとき、おふくろは声にならない声を上げ、震えながらしばらく泣いていた。

本人がいなかったら、刑事の求めを待つまでもなくすすんで寺山の自室を見せ、息子の潔白を証明しようとしただろう。活動歴にかかわらず、アパートや下宿住まいの学生は例外なく本棚に並ぶ書名までチェックされたものだ。もっとも寺山の場合、そうされてもまったく問題はない。どこをどうひっくりかえしても、完全無欠なノンポリの部屋だった。岩田が骸《むくろ》となって掘り出されたと知ったとき、すぐに一切合切を処分していたからだ。

応接間に入ると、二人の刑事は面倒臭そうに中腰になり、再び腰を下ろした。案の定、調べはすでについていていて型どおりの質問がなされただけだった。大学の様子はどうかね。さあ、最近あまり行ってないから。中年の刑事は無表情に頷き、立ち上がった。室内を眺め回し、皮肉な薄ら笑いを浮かべつつ独り言のようにいった。結構なお住まいですな。

刑事が囁き合いながら門から出ていくのを確認して部屋に戻ろうとすると、廊下に父親が立っていた。関係ないから、大丈夫だよ。寺山は先に口を開いた。銃撃戦が終わった日、逮捕された息子の罪を詫びて自殺した父親がいた。しかし、寺山の父親は刑事の去った玄関を睨みながらいった。しゃべらなくていいんだぞ。そして不機嫌そうに口を結んだ。テレビがA山荘を実況中継する十日間、父親は事件について何も語らなかった。戦前、父親が特高警察の取り調べを受けたことがあると聞いたのは、それからわずか数ヵ月後のその通夜の席でだった。昔の友人だと名乗った男性は、詳しく聴こうとしても多くは語らず、人目を避けるようにして帰ってしまったが。

寺山は父親にいわれるまでもなく、しゃべらなかった。三ヵ月前、岩田から連絡があったことは隠したのだ。ちょうど彼が山岳ベースに出発する直前ということになる。

電話があった。カンパの要請だった。寺山は彼がどのような組織で活動しているのか正確には知らされていなかった。学内から姿を消した頃、問いに答えて星は、非公然のほうにいったらしいんだと沈鬱に眉を寄せた。だから寺山は唐突な電話に正直うろたえた。けれども声には出さず、理由も明かさぬカンパ要請を一も二もなく承諾した。岩田は時間と場所を、さらにこちらの服装までをも指定した。登山の恰好で来てくれという。指定されたのは北へ向かう列車の始発駅だった。

寺山は俯き加減に師走の雑踏を歩いた。耳の中で血管が脈打った。心臓の音はひっきりなしに鳴る発車のベルよりも大きいのではないかと思えた。岩田は0番線の売店の脇で落ち合おうといった。寺山は約束の十分前に到着した。そして、やや離れた柱の陰から窺った。ホームでは出稼ぎとおぼしき帰省客や赤い顔の勤め人に交じって、冬山の支度をしたパーティが何組も店を広げ、興奮気味に準備をしながら列車を待っていた。彼らに比べたら、寺山の服装は日帰りのハイキング程度だったから、どこか場違いに思えた。

ところが、時間どおりに現れた岩田の装備は本格的だった。革の登山靴にニッカーボッカをはき、大きな黄土色のキスリングを背負っていた。しかも体つきも逞しくなっていた。だが唯一、そして決定的に登山者とは違う点があった。山を楽しむ者は、出発前からすでに下界を脱したような、山の空気を先取りしたような高揚感をこれ見よがしに発しているものだ。それがまるで見受けられなかった。彼が占める空間は、賑わうホームのなかでそこだけ陥没していた。総天然色の画面のなかで彼だけがモノクロだった。おそらくそう感じたのは寺山が事情を知っていたからなのだろう。誰も岩田のほうを振り向かなかった。彼は人を捜す素振りはせず、線路に向かって真っ直ぐ立った。まるで、声を掛けるのはおまえの役目だといわんばかりに。

寺山は躊躇した。急に周囲が気になりはじめた。そこで酔ったふりをしているのは私服ではないか。あのパーティは対立抗争しているセクトの部隊ではないか。ホームはすでに機動隊が包囲しているのではないか。岩田に近づいたその瞬間、手錠が舞い、鉄パイプが襲いかかり、警棒が乱打し、大楯に挟まれて這いつくばる。そんな光景が一挙に押し寄せた。冬だというのに首筋に汗が流れた。口の中が乾いてネバネバした。

列車が入線してきた。轟音とともにスピーカーが意味不明のアナウンスをまくしたてた。岩田が乗降客の陰に隠れそうになった。その瞬間、寺山はあまりに重くなった視線を支えきれずに、岩田から外した。同時に岩田がこちらを向いた、と感じた。だが、寺山は深く顔を伏せ、列車を降りる人込みに紛れておずおずと一歩を踏み出した。そして背中に灼けるような痛みを覚えながら、次第に足早に、旅を終えた人たちをかき分けるようにその場を去ったのだった。

——誰のせいでもないよなあ。

助手席から魔物が囁きかけた。

――みんなそうだよ。みんな、頬被りして暮らしてるんだ。罪は死んだ阿Qたちがかぶればいい。それでいい、それでいいのさ。おまえが気に病むことじゃない。苛立たせるように道端の木の枝が車体を擦った。寺山はさらにアクセルを踏み込んだ。小石が跳ね飛ぶ。

俺は気に病んでなんかいない。頬被りする必要もない。冗談じゃない。

――そうだな。溺れ死んだのは阿呆《あほう》の豚で、賢《さか》しい豚は湖に飛び込む一歩手前で正気に還ったんだから。

誰が豚だ。

――こりゃ、失礼。豚は人間に食われる一方だが、おまえらは食う一方だ。

豚を食うのが人間だ。

――ごもっとも。たまに自分をも食ってしまうがね。

俺が、家族と従業員を食わせるために、どれほど苦労をしたか、革命ごっこで命を粗末にしたやつにはわかるまい。

――素晴らしい。日が暮れても外で遊んでいる子は、こわいおじさんにさらわれちゃったわけだ。よかったなあ、うちに帰って夕御飯が食べられて。

違うぞ。俺は、俺は精一杯やってきた。振り返る余裕なんてないくらい。青臭い議論など通用しない世界で、母親を守り、弟妹を一人前にし、従業員とその家族を路頭に迷わせないということが、どんなに難しいか。親父はそういうことは何にも教えちゃくれないまま、あの世に逝《い》っちまったからな。昨日までカッコよがってゲバ棒かついでいた坊やが、土下座して下請けの仕事を貰わなきゃならないんだ。何の責任も負わずに、挫折などとぬかして優雅な歌を歌っていた連中とは全然違うぞ。

——そうだよなあ。あいつらときたら、他人の落ち度にばかり口うるさくて、自分の落ち度など知ったこっちゃない。誰よりも早くバスに乗って遅れてきたやつをこき下ろし、誰よりも早く降りてまだ乗っているやつを軽蔑するのが得意だ。楽をしているくせに当たり散らし、加害者のくせに被害者ぶり、尊大で傲慢で下品で粗暴だ。親の遺産を食いつぶしているくせに豊かにしたと威張りくさり、食い物を取りあげているくせに食わせてやってると公言し、……あれ、おまえとどこが違うんだ。

二代目はダメだなんて聞き飽きた、それこそ耳にタコができるほどにな。

——そうとも。三代目よりはまだマシだ。おまえらの息子や娘を見てみろ。壺の中の物が食いたくて手が抜けなくなった強欲な猿だよ。握った手を開けないのさ。まさに、おまえらのエキスが濃縮された、これほど愚昧な人類が誕生したとは、実に喜ばしい出来事じゃないか。

親の責任なんて小指の先くらいだ。

——はっは、小指の先でもあるだけましだ。ところで、バックミラーを見てみろよ。

裸足の紅衛兵が追いかけてくるぜ。

寺山はアクセルを踏み込んだ。ミラーを見なくてもそこに何が映っているのか、わかった。追いかけてくるどころか、それはもうドアに手をかけているような気がした。ハンドルを掌がヌルリと滑った。乗り込んでくる前に振り落とそう。車は路上に群がる小鬼どもを撥ね飛ばしながら、狭い路肩ぎりぎりを左右に掠め走った。視界が濁ってきた。前方から光が近づいた。

地面が揺れる。街路を埋め尽くす俺たちの圧倒的なデモは、足並みに合わせて地面までをも揺るがせたのだ。ほかに何を揺るがせた。決まってるじゃないか。俺たち自身を、だ。

闇の向こうに敵が見えてきた。我々を通すまいとして待ち構える敵が。巨大で矮小で、頑丈で脆弱で、狡猾で率直で、暴虐で柔和な憎むべき愛すべき敵が。粉砕するために敵はある。

——シュプレッヒ・コール！

——オオ！

恐怖は後退し、闘志が燃え上がる。血液が沸騰する。腕《かいな》を結べ！　旗を高く掲げよ！

――我々は闘うぞ！

――我々は闘うぞ！

――ワレワレは勝利するゾ！

――ワレワレは勝利するゾ！

――最後の最後までタタカウゾォ。

――最後の最後までタタカウゾォ。

――ショウリするゾォ。ショウリするゾォ。タタカウゾォ。タタカウ　ゾォ。ショウリ　スル　ゾォ。ショウ　リ　スル　ゾ　ォォ……。

非情な唸《うな》り声をあげた敵が眼前に迫った。杉野は二十年分の叫びとともに、突入した。


山道を下ってきたスクーターは、一瞬にして模型のようにひしゃげた。乗っていた男は物凄い勢いで宙を跳び、闇に消えた。登ってきた乗用車は鉄屑を引っかけたまま直進し、崖の手前で大きくバウンドした。ウルトラマリンの空の下に遠い山頂があった。運転者はそれをいつまでも見ていたいと思ったが、車は深く暗い谷底に吸い込まれていった。

第五章　奪　還

沈鬱な静寂が、居間の四人を密閉された砂時計の底に埋めつつあった。それぞれが、それぞれの思いで、はがゆい時間に耐えていた。

杉野も、か。星俊太郎はしきりに腕時計に目をやっては、散漫になる思考をつなぎとめていた。何かあったのかもしれない。売店から電話していれば、とっくに戻っていていいはずだ。寺山を待っていたほうがよかったか。いや、彼は何時になるかもわからない。いやいや、それどころか、実際に来るとは限らないのだ。そう。タスケハナイ。煙草をくわえ、それが最後の一本であることを知り、そっと箱に戻す。

ここ数年来の組合内部の軋轢《あつれき》が思い返された。ナショナルセンターが分裂し、産別が分裂し、単組が分裂する。分裂した一方は、真正を掲げて独自の路線を強め、他方は、これまで対立してきたものたちと握手する。離合集散は運動体にとって必然的なダイナミズムであるとしても、自らを分裂できない一個人にとって、それは運命的な偶然、チャンスを摑《つか》んだ者には幸甚として、そうでない者には災難として訪れる。

いいか、マイナスをプラスに転化しろ。マイナスを減らそうとするんじゃないぞ。プラスを伸ばせ。そうすればマイナスはそっくりプラスにすることができる。教師になって以来、教室で、職員室で、部活で、家で、どれだけの生徒に、転化だ転化だと説教してきたことか。プラスって何ですか。問い返した女生徒の瞳は、思春期特有の純粋で不遜な光芒を放っていた。それを半ば羨み、半ば憎む自分がいた。プラスとは、朝飯がうまいことだ。そんな文句が喉元にまで出かかった。

仕事、組合活動、夫婦の関係、親の問題。その他諸々が、一日二十四時間の中でひしめきあい殴りあっている。それらはほとんど共存不可能といってもいい。こちらを立てればあちらが立たず。カードの表裏をひっくり返し並べ替えて「転化」したところで、手持ちの札は変わらない。ストレートフラッシュだったはずが、いつの間にか〈2〉のワンペアになっているではないか。せつづけてハッタリで勝負するしかなくなる。三枚とはいわない、二枚でいい。カードを入れ替えるチャンスがほしい。

おやおや、ずいぶんと弱気になってしまったものね。問題をすべて解決するつもりなの？　限りある生のなかで何が大切なのか思い出しなさい……聖母が訪れて囁《ささや》く。

そう、何をしたかではない、どこに向かっているのか、なのだ。生きることとは。カードの模様なんかどうでもいい。与件を認識し、それを引き受け、それと格闘すること。可能性を一切奪われても、灼熱して輝く。

せっかく訪れた改悛の機会をいつものように回避した星は、プロの教育者らしくその教育方針には微塵の揺らぎもなく、ギャンブラーからシーシュポスに変身した。かつてその神話を早くも教師口調で語ったことの断片が思い出された。誰にだったか、はっきりしない。いや、誰にでもない。あれは未来の己自身に語ったのだ。いつの間にか吸っていた煙草の灰を落とし、星はいい結論だと満足した。その一本は二十数年間吸いつづけてきた、長い長い、実に長い一本だ。しかもまだ、燃え尽きることができない。

——シーシュポスも歳をとるんだな。

はっとして声の方を探った。が、しゃべった者はいない。戸崎弘は暖炉の前で屈《かが》みこみ、脚を摩《さす》っていた。高原良一は辛い眼差しで天井の一点を見据え、胸にかかった毛布が重そうに上下している。迅速かつ理性的かつ柔軟かつ大胆に。高原陽子と眼があった。

「戸崎。ちょっと」

星は小声で呼び、夫婦から数歩離れた。戸崎は陽子の視線を感じながら、彼女に背を向けて星の横に立った。

「このままでは杉野もあてにならない。情況は悪くなるばかりだ」

戸崎は頷《うなず》いたのか俯《うつむ》いたのか、中途半端に顎《あご》を下げ、そのまま聞いている。

「高原は、この家はいかれているというが」星は声を一段低めた。「俺にも妙なことがいくつかあった。おそらく錯覚だと思うが、それを確かめたい。なにかの手掛かりになるかもしれない」

「妙なこと」戸崎は星の語調そのままに言葉を返した。

星は口から短く息を吸い、急いでつづけた。「例の開かずの間、……そういうと誘導してしまうな。書斎だ、二階の突き当たりにある。あれが、おかしい」

「おかしい？　あそこに誰かいるとか」

「そうじゃない。いや。そうかもしれない。それはわからないんだが、さっき、明かりが消えたとき、二階の端の窓に人影が見えたんだ。杉野が書斎だといった窓だ。懐中電灯で照らそうとしたら転んでしまって」

「ガラスに木の影が映ったとか」

「あるいは、な。月も出ていたし。でも……」

進路指導を受け入れない生徒の如《ごと》く、星は接続詞で言葉を切った。

「ほかにも、不審なところがあるのか」

「不審といえばすべてが不審なんだが、それをいうと俺の頭が不審に思われるからやめておこう。異常な環境で異常なものを見たり聞いたりするのは、別に異常なことではない。うん。異常と正常の間には境界はないからな」

　炎を映す星の頬が笑う形に盛り上がった。彼らしからぬもたついた言い回しに、戸崎は口をつぐんだ。笑い顔は泣き顔に似ている。

　陽子はこの期に及んでこそこそと話をする二人の背を睨《にら》み、時刻を見ようとしてやめた。見ても見なくても針は同じだ。が、やはり目は文字盤に止まった。しかし同じではなかった。針は嫌がらせでもしているかのように、指すべき数字にそっぽを向いていた。密談のあと何をいいだすか。たぶん、こうだろう。筋は通っているけれども、どこか見当違いな提案。この短針が何周かした間、ずっとそうだった。ただただ騒ぎを大きくするだけでちっとも目的に近づいていない。肝心なことに触れたくなくて、わざと遠巻きにぐるぐる回っているみたいだ。きっと出口のない森の奥へまた一歩踏み込んでしまうだろう。話し終えた二人が声をかけようとしている。陽子は下を向いたまま、二人の足が止まる前に、どんな提案でもそれに従うまいと心に決めた。

「高原」星がいった。

　そらきた。陽子は毅然と面を上げた。

「もう一度、戸崎と二階に行ってみる。ここは陽子さんとだけになるが、いいな」

「ああ、頼む」高原は苦しそうに頭をもたげた。星と戸崎は頷き合い、ランタンを手に取ろうとした。

「待って」

陽子の声には怒りの兆しがあった。二人は訝《いぶか》しげに高原の妻を見た。挑むような口振りで彼女はいった。

「二階に行って、どうするんですか」

「ちょっと気になることがあるから、念を入れて」星は言い訳がましく答えた。

念を入れて？　今まで念は入れてなかったの？「気になるって、どんなことが気になるんですか。いってください」

「いえ、それほどのことじゃないんですよ」宥《なだ》めるように戸崎がいったが、陽子は許さなかった。

「それほどのことじゃない、って、悦子に関係あることなんでしょ。あなた方にとってはそれほどのことではなくても、悦子には重大なことかもしれないじゃないですか」

「書斎です」あっさりと白状してしまった戸崎は、星に視線を振った。陽子はその視線を追う。それを再び戸崎に返して、星は穏やかにいった。

「書斎は開かないということだったけど、確かめたほうがいいと思って」

「あそこは、俺と杉野でやってみた。ドアは」高原は唾を呑み込み、大きく息を吸ってつづけた。「びくともしなかった。蹴っても叩いても、せせら笑ってやがった」

「そうか」星は眉をピクッとさせ、高原を説得するようにいった。「何かの拍子に開くかもしれない。たとえば、どこかに細工がしてあったり、な。小説家の、しかもRの書斎だ。おかしくはないだろう」

高原は瞼《まぶた》を閉じた。だが、陽子はさらに目を見開いて喰いさがった。

「それなら、私も行きます」あなた方には任せておけない。「いいわね。一人になるけど」

「大丈夫だ。行ってくれ」高原は目をつむったまま頷いた。

陽子は懐中電灯を握り、立ち上がった。暖炉の炎が乱れ、吠えるような音をたてた。背後で揺らめく影が天井まで伸びた。陽子はだしぬけに暖炉脇の壁に歩み寄った。迷いのない手つきでそこに貼られた紙を一気に剥《は》がした。そして暖炉に投げ込んだ。クレヨンの絵は身悶えしながらあっけなく灰になり、炎に煽《あお》られ粉々に散った。小鼻をふくらませ、陽子は二人に号令した。

「さあ、行きましょう」

陽子を先頭に、星、戸崎の一列縦隊は、やたらと照らす位置を変える豆電球の光に先導され、階段を昇った。陽子は片手を手摺から離さず、足を上げるたびに懐中電灯を下に向けた。後ろの二人も歩調を合わせる。内緒にしときますよと、三人分の踏板はひっそり鳴った。こういうやり方はかえって恐怖心を煽るんだ。星は奥歯で笑い、ワッ！　とそいつが現れることを一割の本気で望んだ。何でもいい、武器になるものを持ってこなかったことを悔やんだ。

戸崎は、記憶の最初から数番目を保持している遊園地のお化け屋敷を思った。ぐいぐいと引っ張る兄の手を握り、地面ばかりを見ながら必死についていった。長じて戦闘的な学生組織を引っ張った兄は、十指に余る容疑で全国指名手配され新聞に顔写真が載った。弟は、怪我がベタ記事にはなったが、名前も写真も載せてもらえなかった。兄はいつまでたっても兄だ。

さて、武力なき隊列はようやく難所を通過して廊下に並んだ。陽子は周りをぐるりと照らし、一つ残らず薄気味悪い角度で半開きになっているドアを見て、総毛立った。いったん天井に張りついた光は床に舞い降り、本隊が進むべき路を舐めていく。遠ざかるにしたがってそれは広がりかつ淡くなって、ついには洞窟の如き暗がりに吸い込まれ、かろうじて突き当たりの扉に到達した数十分の一が、金属の把手《とって》に反射して帰還した。

三人は陽子を中に横隊で前進した。歩くにつれて光は揺れ、影は逃げ、床は傾いた。一歩ごとに、廊下は獲物を消化する腔腸動物の体内のように膨らんだり縮んだりした。星は部屋のドアを一つ一つ手で押して開けていった。ドアは素直に部屋の内を見せた。不在の獄房はどれも点呼に応えない。

狙いを定めた光が、正面に近づいた扉の墨色と把手の真鍮《しんちゅう》をくっきりと捉えた。陽子は二歩手前で立ち止まった。把手、それから扉の四隅を順に照らし、また把手に戻った。手が伸びた。星だった。軽く回すと、カチリと小さな音がした。数瞬のためらいのあと、星は押した。意外にも、扉はまったく抵抗なく引き下がった。おっ……、疑わしげな驚きの声が星の喉から洩れた。扉は、人ひとりが抜けられる幅だけを譲って途中で止まった。

星は用心深く扉の向こう側を窺《うかが》った。暗闇ではなかった。窓から月明かりがさしているのだろうか、青い陰影が部屋の様子を教えている。足を踏み入れると、床は絨《じゅう》毯《たん》の感触があった。中央には肘掛け椅子が一脚、二脚。向かいの壁は、かつて書架だった名残の棚が幾本もの水平の縞をつくっていた。さして広くもない。なんだ、これだけか。星は首を右に曲げた。窓がある。天井まで届く高い窓だ。部屋に入った月は、窓を背にした机の上を照らし、さらに床に格子の翳《かげ》を落としていた。

つづいて入ろうとした陽子は、星が塞《ふさ》いでいるので脇から覗《のぞ》き込んだ。しかし扉と星の肩に阻まれて、内を見ることはできない。扉を押してみたが、裏から押し返す力を、逆に感じた。星が動いた。いきなり、扉は突風に煽られたように勢いよく閉まり、陽子の鼻先ですさまじい音をたてた。慌てて把手を摑み左右に回したが、押せども引けどもびくともしない。

「星さん！」

「星！」

二人の呼び声は邪険に妨げられた。が、星の注意はほかにあった。窓際の椅子に腰を下ろし、机に片肘をかけた黒い姿。回転椅子らしくそれが回り、黒い人物は星に向き直った。そして、訪問者を親しげな口調で責めた。

「遅かったじゃないか」


誰かが呼んだような気がして、高原良一は瞼を開けた。天井が暖炉の炎を映して揺らいでいた。鼓膜を水が塞いでいるときに似て、呼びかける声は不明瞭だったが、耳のすぐ近くから聞こえていた。声のほうを見た。

目の前に男の顔があった。が、陰になって誰であるかはわからない。男は、身を乗り出すようにして腰掛けていた。

「痛い目にあったな」

男はいった。勤めて最初のボーナスを競馬で全部スッてしまったときにいわれた言葉を、思い出した。あれは誰だったろう。そして、この声は、この男は。

「もうすぐだ。もうすぐ、みんな集まる」

「悦子は？」

男は、何事か納得したかのように数回小さく頷き、意外な問いを発した。

「子供というのはかわいいものか」

「ああ。子をもってはじめて知った。自身よりかわいい」

「ふむ、そういうものか」

男は異国の風習に触れたかのような反応を示した。こいつは誰だ。永森か？　いや。

起き上がろうとしたが、強烈な磁場の虜となったように安楽椅子から身体を離すことができなかった。椅子が徐々に傾いていく。右手で肘掛を握り締めた。足が真下になるほど沈んだかと思うと、逆さまになり、右へ左へ斜めに回った。頭を打って三半規管がいかれたか、でなければバリウムを飲んでX線の胃検診を受けているかのどちらかだ、と高原は思った。いずれにしろ、吐き出すものが溜まって膨れている。

「悦子を返してくれ。お願いだ」

「ふむ」

高原は、子を誘拐された親が犯人に敬語を使う意味を理解した。天使は正邪を峻別して罪を打ち立てるが、悪魔は善悪を攪拌《かくはん》して罪を溶かし消す。敬語を使えば、加害者と被害者が入れ替わる。敬語は悪魔の言語だ。

「俺たちが悪かった。許してくれ」

「許す？　何を」

「あのとき……」

河本直美の一報で全員が色を失った。戸崎弘は近くの大学病院に担ぎ込まれたという。誰もが学生活動家のリンチ死事件を思い浮かべ、大急ぎでその忌まわしい考えを棄て去ろうとした。高原は脚が震えた。気づかれまいと隅の椅子に腰を下ろし両膝を両手で握った。ほかのメンバーの声が頭上を飛び交ったが、高原の耳を素通りした。肩をたたかれて見ると、星俊太郎があとを頼むといっていた。反射的に頷いた。

急に静かになった。部屋には、自分のほか、岩田清二とあの女子学生がいた。昼夜の別なく酷使されてきた蛍光灯のひとつが、間歇《かんけつ》的な明滅を繰り返し、帰れない者の危機を伝えた。そうだ。みんなは病院へ行ったのだった。女子学生の監視役を除いて。しかしその必要はもう失せたはずだった。

岩田はうなだれて立っていた。なぜ戸崎と仲のいいあいつが残ったのだろう。そんな疑問は次の瞬間、吹き飛ばされた。ウオオォォ。恐ろしい、そして悲しい声で、岩田は壁に向かって吠えた。四肢がわななくまで呼気を出し切ると、胸も張り裂けよとばかりに息を吸い、再び吠えた。顔面も首筋も握り締めた手の甲までも、深紅となって膨れた。そして、近くにあった木製の椅子を摑んで振り上げ、重い唸《うな》り声とともにそれを壁に叩きつけた。近代を象徴すべく建築されたその校舎のように頑丈な造りの椅子は、ほとんど損なわれることもなく跳ね返り、反動でよろけた破壊者ともども床に落ちた。尻餅をついた岩田は、荒い息を数回すると、俄《にわ》かに下を向いて動かなくなった。

何か聞こえてきた。暗い空堀に面した窓には古い鉄格子が嵌《は》まっている。その下にいまや無用の人質となった女子学生がいた。彼女は、壁に背をあずけ、縛られた足を斜めにして座っていた。聞こえるのは小さな声。呟《つぶや》いていたのは彼女だった。緊迫の一時が去ったせいか、表情は落ち着いていた。しかし、床の一点を見つめたその瞳には何も映ってはいない。

第二場は独白劇となったらしかった。高原は忍び足で彼女に歩み寄った。何を呟いているのか、何を自分自身に語りかけているのか、ただそれを知りたかった。

彼女は、高原の接近にはまったく関心を示さず、あの言葉を小声で繰り返していた。

――ヒトリデアルコト　ミジュクデアルコト　ヒトリデアルコト　ミジュクデアルコト　ヒトリデアルコト　ミジュクデアルコト　ヒトリデアルコト　ミジュクデアルコト　……

独りであること、未熟であること。

それは、二年前に自死した同世代の女子学生が、二十歳のときに己の〈原点〉であると日記に書いた言葉だった。京都の下宿に残された大学ノート十数冊に及ぶ遺稿は、父親が整理して同人誌に掲載したところ、たちまち大きな反響を呼んで、出版社から単行本として刊行された。生きる意味を問い社会正義を求めて試行錯誤を重ねるなかで、学生運動に身を投じ、異性関係に傷つき、苦悩をひとり背負った末、鉄路上に命を散らしてしまった生真面目で夢多き女子学生に、あるいは自らを重ね、あるいは憧れて、多くの若者がその本を手にした。高原もその一人だった。縛られているこの女子学生もまた、愛読者に違いなかった。そして、予期せぬ困難の中であの言葉を唱えることによって必死に自己を保とうとしているに違いなかった。

サ店で一緒にお茶を飲んだことがあった。学生で充満する店で、永森と彼女が仲間のために席を確保していたのだ。コーヒーが運ばれた。「いくつ?」と訊《き》く彼女に永森が「ひとつ半」と答えると、彼女は彼のコーヒーカップにスプーン一杯と半分の砂糖を丁寧すぎるほど丁寧に入れた。永森は、ありがとう、といって照れ笑いをした。あいつら、まだキスもしてないいんじゃないか、と目を丸くしていったのは杉野だったか、寺山だったたか。

もはや舞台には幕が下ろされるべきであった。高原は意を決して、彼女を縛っていたタオルを解こうとした。

何をする！　叫んだのは岩田だった。振り返る間もなく、突き飛ばされた。コノヤロウ！　転倒した高原は起き上がりざま、岩田に体当たりした。二人は互いの襟首を摑んだまま相手を倒そうとしてもつれあった。狭い地下室をビリヤードの球のように憤怒の唸り声が転々とした。

　が、闘争心はすぐに萎えた。いや、はじめからそんなものはなかった。友の瞳には己が映っていた。二人はふっと力を抜いて手を離した。女子学生は両掌《りょうて》で耳を塞いで一途にあの言葉を唱えていた。岩田は不意にその傍に立って耳から手を乱暴に引き離した。そして、いった。

　――決着は自分でつけろ。

　岩田のいう決着とはいかなることなのか、彼女がどのような意味で受け取ったのか、今となっては知りようもない。彼女は岩田の顔を凝視し、了解したかのように唇を結んだ。二人でタオルを解いた。彼女は立てた膝頭に額を押し当てて、しばらく俯いていた。それから、椅子に手をついて立ち上がり、部屋の中を何度も見回してから、障害物を確かめつつ壁際の机に近づき、その上に置かれた自分のバッグを引き寄せた。

そうだった。彼女は目が悪かったのだ。かなり明るいところでないと字が読めない、と永森がいっていた。彼女はバッグを胸に抱え、すり足のようにして部屋を横切り、ドアを静かに開けると、あたかも黒い水面に没するかのようにすうっと廊下の闇に消えた。微動だにせずその様子を注視していた二人は、閉められなかったドアから覗く虚しい空間を見つづけた。

彼女が死んだと聞いたのは、翌春、水仙が咲き始めた頃だったろうか。それを高原に告げた彼女のクラスメイトは、『原点』に影響されていたからなあ、と自殺の理由を推理して納得しようとした。確かに、『原点』を評価する様々な言説において青年の死が美化されていたことは疑いない。

ひとつの連鎖ともいうべき背景もあった。『原点』の著者は、数年前に出版されたある学生活動家の遺稿を読んで情熱をかき立てていた。活動家は、対立する党派に属する女性との恋に悩み、デモの弾圧で顔面をつぶされて入院し、ピンクのカーネーションを一輪握り締めて自殺した。そしてその彼もまた、かつて国会議事堂前において全学連と警官隊が空前の衝突をする只中で命を落とした、ある女子学生に憧れていたのだった。その女子学生の遺稿集はロングセラーとなり、命日である六月十五日には毎年、国会通用門付近に人々が集まり追悼した。それは好意的に報道されるのが常だった。

高原は、驚きを隠し、別の驚きを装いながら、クラスメイトの推理に同調した。ほかのメンバーには伝えなかった。高原以外にも知っている者はいたかもしれない。しかし、誰も口にしなかった。スケープゴートにした彼女を思い出すこと、思い出させることは禁忌《タブー》だった。だが、もういいだろう。思い出した。彼女の名は、セツコ、節子。桜井節子……。

「子供は心配ない」男はいった。

「本当か」高原は片肘をついて上体を起こした。

「ああ、本当だとも。さあ、行こう」

男はぐっと顔を寄せた。それは永森ではなかった。しかし、仄《ほの》かな明かりに浮かび上がった顔は、知っていた。高原はのけぞった。

「……まさか」


星俊太郎を迎えたのは紛れもなく永森真也の声だった。

「待ちくたびれてしまったよ。さあ、つづきを始めようじゃないか」

「つづき？　何のつづきだ」

星は声の主に、短く言葉を返した。永森以外の者であるはずはなかった。しかし、永森がこの芝居がかった騒ぎを仕組んだとは、どうしても頷けない。もし、そうであったとしたら、それは星が知る永森ではない、別の永森だ。

「おまえは永森、だよな」

「おいおい、どうしたんだ。僕がわからないのかい。とぼけるなんて君らしくないよ。我等が輝ける星、星俊太郎」

「ふざけてるのか」

「ふざけてる？　僕がふざけてるというのか」突然、語尾が尖った。が、すぐに元の愉快そうな口調に戻った。「そんなところに立ってないで、さあ、椅子に座ってくれ。ほら、君のための椅子だ」

暗さに目が馴れたせいか、永森が示した部屋の中央にある肘掛け椅子は、細かい装飾まで見分けられた。星はなんらかの仕掛けを警戒しながらも、ゆっくり歩み寄った。厚い絨毯は足が埋もれてしまうほど柔らかい。星は椅子の背に触った。布張りの古風なアームチェアだった。

「ここで何をしている。何を企んでいる。悦子ちゃんはどこだ。答えてくれ」

「その椅子、見覚えないかい」星の問いには答えず、永森は遠足の写真を指差すように楽しげにいった。「ほら、よく見てくれ。どうだい。思い出したろう」

永森の尋常でない様子に、星はしばらく逆らわないほうがいいと判断した。だが、記憶のなかにその椅子はなかった。お世辞にも趣味のよい椅子とはいえなかった。見栄えはするが、感触も形も座ろうという気を削ぐような代物だった。とりあえず、ここはやはり迎合するのが上策か……。

「そうか。やっぱり、君にはわからないんだな。残念だよ、極めて残念だ」

月光を背に受けた永森の顔がはっきりと見えた。若々しい顔だった。しかも、眼鏡は銀縁ではなく、懐かしいセルのフレーム、そう、高橋和巳と同じだと自慢していたやつだ。永森は、卒業式の式次第を組合に通告する校長のように机の上で手を組んでやや身を乗り出し、太い声でいった。

「では、同志的援助をしてやろう。座りたまえ」

星は座った。とたんに眩暈《めまい》がした。自然落下するエレベーターの床から離れまいとするように、肘掛けにしがみついた。その感覚が消えたとき、星は椅子の正体を知っていた。これは学長室の椅子だ。俺は確かにこの椅子に座ったことがある。

「そうだ。君はその椅子に座った」永森の黒い口が笑った。

「実に、実に君は英雄的だった。障害者差別を糾弾する！　我々がやっと勝ち取った全学集会で、そう口火を切って、居並ぶ学長、学部長らに真っ向から対峙して毅然と演説する君の姿は、僕の記憶のなかで光り輝いているよ。ところが、大学当局は、その場では身体検査による入学差別はしないと確約したにもかかわらず、翌日にはそれを翻《ひるがえ》し、ロックアウトのなかで入試のための教授会を強行しようとしたのだ。

　正門前は学生と機動隊が睨み合っていた。君はヘルメットを脱いで裏手に回ると、素早くフェンスをよじ登り構内に飛び下りた。僕もそれにつづいた。グラウンドを突っ切れば本部棟はすぐそこだ。誰もいないグラウンドを全力で疾走する君はまるで風だった。鋭い、鋒《きっさき》のような風だった。君の背中は意志の塊だった。空は雲ひとつない快晴だった。このまま青く澄んだ空まで駆け昇れそうな気がした。振り返ると、我々に気づいた学生が次々とフェンスを乗り越えていた。白や赤や青のヘルメットが、ピンポン玉のように光りながら弾んでいた。しかし君は振り向きもせず、一直線に学長室を目指した。

校舎の入口に腕章をつけた職員が立っていた。走ってくる君に向かって制止しようと両腕を広げた。君はさらにスピードを増し、その腕に体当たりした。職員はよろけて地面に手をついた。追おうとしたが、後続の集団を認めると、ひゃ、と情けない声を残しあたふたと走り去った。君は迷いもなく階段を駆け上がり、廊下を駆け抜けた。本部棟の中は歩く者もなく我々の足音だけが響き渡った。正門前の騒擾《そうじょう》とは別世界だった。受付にも人はいない。君は、当然ノックもなしに学長室のドアを開けた。広く明るい部屋だった。絨毯が敷いてあった。正面の大きな窓から陽が差していた。学長はひとりで、これから教授会が開かれる会議室に行こうとするところだった。君は息も乱さずにこういった。

学長、あなたは教職者として恥ずかしくないのか。

学長の驚いた眼は二人の風体を訝しげに探ったあと、『暴力学生』とは違うと思ったのか、電話で警備員を呼ぶこともなく、なんと応接用のソファを示していったのだ。座りたまえ。君は一瞬、気圧されたように立ちすくんだが、昂然と胸を張って腰を下ろした。その椅子が、今、君の座っている椅子だよ。学長は時計に目をやり、落ち着きはらって君の向かいに座った。君のいささか情緒的な台詞が学長の心を動かしたのかと、単純な僕は感激したさ。それが大間違いであったことは後になってわかるのだが。

ロックアウトを解き、本日の教授会を中止して、全学集会での確約を遵守することを要求します。

君は背筋を伸ばしていった。学長がおそらく要求を拒絶する言葉を吐こうと口を開いたそのとき、後続の学生たちが部屋になだれ込んできた。彼らは君と学長が対面しているのに乗じて、直ちに団交を開始した。だが、学長に交渉に応ずる姿勢は毛頭なく、目をつむって頑に口を閉ざすばかりだった。部屋に満ち廊下にも溢れた学生たちは、密室の交渉ではなく大衆団交への移行を主張する派と、教授会を粉砕したうえで本部棟の封鎖占拠を主張する派に分かれ、学長そっちのけで摑み合いの激論となった。それは多分それぞれの党派の方針だったのだろう。いずれにしろ、無駄なことだったけどね。その間、君は議論に加わらず、その椅子に座ったまま罵声を浴びる学長を睨みつづけた」

永森は二、三度ゆっくり頷いた。

「学長室にいたのは、わずかな時間だった。すぐに機動隊が駆けつけた。たいした抵抗もなく一網打尽だ。建造物侵入、監禁の現行犯。教職員が遠巻きにして眺めるなか、学生は襟首を摑まれ通用門まで引きずられていった。そこに待機していた護送車に蹴り込まれ警察署へ。大学始まって以来の大量検挙だった。そして、これがあの闘争を全学バリストにまでエスカレートさせる端緒となったのだ。ところが、ところがだ。君は起訴はおろか送検さえされなかった。まず君こそが首謀者として厳しい取り調べを受けるはずなのにね。君は翌日、真っ先に釈放された。僕も君に教わったとおり黙秘のまま留置場を出ることができた。警察署に押しかけた学友諸君は舗道上で勝利のシュプレヒコールだ。しかし、あれは、勝利でもなんでもなかった」

澱《よど》みなく展開する永森の物語は、粗筋としては誤りなかった。しかし、あのとき永森が一緒だった？　俺の後ろを走っていた？

「どうした。僕がしゃべってばかりでは、まったく総括にならない。いいか、これは君の総括なんだ。しっかりしろ」

何をいわんとしているのだ。総括だって？　星は、もうしばらく〝黙秘〟をつづけることにした。

「そうか。まだ、だめか。代行主義は君が批判するところだったが、仕方ない。さて、君は元々学長とは面識があった。君の父上も教職にあったはずだが、実は学長とは親友であり政界にも顔が利く存在であることを、君は一切語らなかった。しかし、あるとき僕はそれを耳にした。誰から聞いたと思う？　君も知っているあの彼女、桜井節子さんからだ。彼女が属していた、君が文学的表現で《パルタイ》と貶《おとし》めた組織がこの情報を入手した。なにしろ教職員には強いネットワークをもってるからね。彼らは情報をいかに有効に使うかタイミングを考えていた。寄合所帯だった全学共闘会議の議長候補にもかつがれた君だ。学長との繋がりを暴露すれば、敵対する全共闘派にダメージを与えられるというわけだ。そうなったとしても、君は一笑に付しただろう。彼女運動と何の関係がある、と。彼女もそう思った。それで僕に教えてくれたんだ。彼女なりに悩んだ末に。しかし、結局、暴露はされなかった。君の名前がいつの間にか議長候補の中から消えていたことと関係があると、僕は睨んでいるが。さあ、ここまで話せば、何かいうことがあるだろう」

やはり、そのことか。永森の意図が明らかになったところで星は立とうとしたが、抱き留められているような温かみが椅子にはあった。その安楽さはなかなか捨てがたかった。少しだけそれに浸るのも悪くなかった。

「俺の親父と学長とは確かに親友だった。しかし、釈放されたのは、要するに建造物侵入罪にも監禁罪にも当たらなかったからだ。議長の件については、俺は最初からそんなものになるつもりはなかった。かつごうとした連中の都合で候補ではなくなっただけの話だ。彼女のことは、今でもすまなかったと思っている」

永森の翳った顔が膨らんだ。月明かりが遮《さえぎ》られ、部屋は闇に近づいた。

「なんという欺瞞《ぎまん》だ！」壁がみしみしと音をたてて震えた。「謝罪は自分のためだ。それで気が済む。罪悪感から逃れられる。しかも、君は心の底では罪を犯したとは思っていない。偽りの謝罪だ。二重の罪だ」

「結果的にああなったのだ。悪意があったわけではない。やむをえなかった。おまえと戸崎を助けるためだった。だが、人間関係を盾にして人質をとったのは誤りだった。自己批判する」

「それは二十年前に聞いた。ということは、君はこの二十年間、これっぽっちも変わっちゃいないってことだ。まったく総括できていないってことだ。一体、君は、何をやっていたんだ。二十の歳を、八十の季節を、七千の夜を。単に運転免許証の写真と日付が変化しただけなのか。杉野や寺山は現在の自分とは関係ないと思っている。最低の総括だが、それもひとつの総括だ。そして、それは最悪のかたちをとって自分に返ってくる。しかし、君には返ってくるものがない。君は一歩も動いていないからだ」

「俺があまり進歩していないことは素直に認めよう。しかし、歴史の大きな歩みの中では、動かないことが動くことにもなりうる」

「まるで、敗戦を知りつつ密林に潜んでいた日本兵だな。痛ましいよ」

「一時的な局面に目を奪われて、過去のすべてを清算するほうがよほど痛ましい。要は誤りを正しく認識することだ。それができなければ、悲惨の海に溺れ死ぬ」

「誤りを正しく認識することだって？　ふん、それこそ科学に名を借りた異端審問ではないか。政治的勝者のご都合主義ではないか。〝正しい〟認識をしようがしまいが、我々はみな悲惨の海で溺死する運命にあるのさ」

「いや。政治の生贄とならないためにこそ、正しく認識する力が必要となる。それを養うのが教育の役割だ」

「さあ、ようやく君の口からこの犯行の動機を示すキーワードが出てきたぞ」

「犯行？　何だ」

「岩田清二さ」

「岩田とどんな関係がある」

「彼は山で革命戦士になるためのスパルタ教育を受け、落伍したわけだ。ちょうど、君が生徒を正座させたり、たまに一発お見舞いするように、革命の教育者は彼を正座させ殴り縛り、廊下ではなく氷点下の床下に立たせたのだ。岩田は、教育者の命に従って殴ったクラスメイトに、頑張れ頑張れ、と励まされながら、生命の限りを尽くして耐えたが合格できなかった。もっとも、革命教習所はひとりの卒業生も送りだせないうちに、退学者続出で廃校になってしまったがね」

「教育は人間が本来もっている可能性を見出し、成長させるものだ。しかし、可能性は不定形だ。指導によって羊にも狼にもなる。だからこそ、教育を支配の手段としようとする一部の者に独占させてはならない」

「まるで君がその一部の者には含まれないようないいぐさだな。ところで」

永森は、ぬっと立った。異様な背の高さだった。しかも平板な黒い姿は、足音もなく星に近づいた。

「岩田は、君に心酔していた。君の薦める本は鉛筆片手にすべて読破した。まるで受験生だったよ。思想というのは学習するものだと、そう信じて疑わなかった。岩田は君の作品のうちでは傑作の部類だろう。出藍《しゅつらん》の誉《ほま》れだよ。ただ、君がちょっぴり日和見で、彼はちょっぴり小児病だった。それだけの差さ。そして」

「それは違う」そびえる影を見上げて星は叫んだつもりだったが、喉から出た声は痩せていた。

「我々のグループは党派のフラクションでも、主義を研究するサークルでもなかった。自由な個人が自由な繋がりでどこまでできるか、それを学内で試行する場だったはずだ。岩田の意思決定に俺は関与していない。むしろ俺は批判的見解を述べた。銃を奪い銀行を襲い、軍だ蜂起だとひたすら英雄主義に突き進む路線に何の展望がある。だが、俺は岩田の意思を尊重した。岩田の自由に干渉したくなかった。しかし、まさか、あんな酷い結末が待っていようとは……。街中いたるところに貼りだされていた『過激派』指名手配の顔写真に、岩田が加わるかもしれない程度にしか考えなかった。むしろ、頭をよぎったのは、我々のグループが岩田のせいで打撃を受けるのは避けたい、彼とは明確に一線を画しておくべきではないか、そんなことだった」

「確かに僕らのグループは君のいうとおりだったかもしれない。しかし、君自身はどうだったのかね。政治的組織とまったく繋がりがなかった、なんていうつもりはないだろうね。そして、我々のグループに捜査が入るばかりでなく、君が関係していた組織にまでそれが及ぶのをおそれたことを、まさか、否定はしまい」

政治的組織？　もちろん、学外での様々な活動をする中で大小の組織とも繋がりはあった。そんな組織を横断するような幅広い戦線を構築しようと模索していたのだ。五月のパリのように。岩田にそれを話したこともあった。しかし。

「岩田をオルグする気はなかった。かりにオルグしても、成功しなかっただろう」

「ほう。だが、なぜ岩田は君に意思決定を告げたのだろう。訣別か？　そうではないだろう。敬愛する君の誠実な強力な何かを期待したのではなかったか」

永森の姿がさらに膨張した。椅子も大きくなったようだった。足は爪先しか床に届かない。だが、それよりも、星は岩田の決意表明の場面を思い出していた。俯き加減に和らいだ口許から出てくる論理は、その表情とは裏腹な激しいものだった。議論をすれば、容易に論破できただろう。忠告はした。しかし翻意させるつもりはまったくなかった。なにしろ決意だ。決意を共にできなければ訣別しかない。なのに、俺に何かを期待した……？　星の背後に寒気が忍び寄った。

「銃撃戦の十日間、炬燵《こたつ》で温まりながら、真冬の別荘地を包囲するテレビカメラの視線のままに眺めつづけるのは、やはり苦痛だった。列車に乗ろうとする気持ちを幾度、俺は抑えたことか。行ってみたところで、どうにもなるもんじゃない。でも、ブラウン管に岩田は現れなかった。ライトを浴びて花道から退場する役は与えられなかった。ひとりずつ引きずり出されてくる『凶悪犯』のなかに岩田がいなかったことで、俺は、正直、ほっとした。……ああ、だが、暗い穴の底に置かれた白いロープの人型が、……岩田のかたちだったとは。俺は寒かった。寒くて寒くて、冬が永遠に終わらないんじゃないかと、震えていた」

「そうだ。冬は終わっていない」

頭の上から声がした。星は、確かに終わっていないような気がした。あの冬のまま我々は凍りついているのかもしれない。

「君が冬を始めたんだから、君が終わらせなきゃ終わらないんだよ。さて、話をやや遡らせようか。岩田が君に決意表明する一月ほど前、直美さんからある相談を受けたはずだ。どんな相談だった？」

星はしばし息を止めた。足が床に届いていない。肘掛けが両側にそそり立っていた。

妙な椅子だと思ったが、星の心は常に整理されている記憶のインデックスに注がれていた。直美のファイルはうんざりするほど、そう、まったくうんざりするほど納まっている。かつては特注のキャビネットに入れておいたが、今やキャビネットごと重い扉の地下倉庫に移されようとしていた。星は埃をはらって該当するファイルを抜き出した。が、それは白紙だった。

「思い出したね。直美さんは岩田から手紙をもらった。それはなんとも微笑ましいことに、彼が生まれて初めて書いたラブレターだった。いやはや、彼にとっては千人の群衆を前にアジ演説をするよりも、勇気がいったことだろう。どうしたらいいと、彼女が君に相談したのは、君が好きだったからだ。これもまた、微笑ましいじゃないか。君も彼女を憎からず思っていた。手を出さなかった、俗な言い方で失礼、のは、グループに恋愛関係を持ち込まない潔癖主義だったのか、単に君の臆病さなのかは僕も知らない。しかし、岩田の手紙がきっかけで、君は素早く彼女との関係を成立させた。そして、直美さんから君のことを岩田に話し、諦めさせたうえで二人の間を、いわば公然化しようと目論《もくろ》んだ。君は計画どおりみんなの前で二人の親密さを表した。ところが、突如、恋人同士となった君たちを見てもっとも驚いたのは、岩田だったのだ。直美さんは、結局、岩田にはなんら応答しないまま、君には彼も承知したと偽って、三角関係を封じ込めた」

「嘘だ」星は今度こそ〝！〟をつけようとした。手紙など知らない。三角関係も存在しなかった。だが、苦しい夢はなかなか醒めない。繰り返そうと腹に力を溜めた、が。

「嘘、だ」穴のあいた風船から声が洩れた。

「嘘なもんか。だから、直美さんも連れてこいといったのに」

「岩田の手紙など聞いていないし、直美からそんな相談をされたこともなかった。出鱈目をいうな」

「おやおや。証拠を提出しなければダメらしい。では」

永森は長い長い腕を伸ばし、机の引き出しを開けた。弧を描いて戻ってきた手には白い封書があった。永森はそれを人指し指と中指の間にはさみ、星の目の前でゆらゆらと振った。縦長の封書は厚く、怪しげな青紫の輝きを帯びて浮かんでいた。でっちあげだと断定しつつも、星はその封書をファイルし忘れたような気もしてきた。

「どうだ。まだ否認するかい」

「かりに岩田が手紙を出していたとしても、そんなものがここにあるわけがないじゃないか。もうやめよう」

「残念ながら、ここにはなんでもある。手元を見たまえ」

星は一枚のざら紙を握っていた。『荒地』と題されたガリ版刷りのビラ。間違いなく記憶のファイルに綴じられている、二十年前に刷ったビラだった。それにしては、紙が古びていない。インクの匂いすらする。

「あのとき、撒《ま》いていたビラだ。アレチ。君がつけたんだよな。エリオット、それともヨシモト？ ため息が出るね。もっとも、僕は好きだったよ。内容なんかどうでもよかった。大切なのは想像力だからね。さあて、岩田の手紙をちょっと読ませてもらおうか。やあ、ずいぶん書いてあるな。しかし、ラブレターに事務用の便箋とはね。なになに、拝啓、河本直美様。ふん、拝啓ときたか。彼らしいな。これで何回書き直したでしょうか。いうべきことが爆発しそうなくらいあるのに、筆をとると文章になりません」

「やめろ」

「え？」

読んだことはないのに、星はその文面をありありと思い出した。

「やめてくれ」

「なぜ？」

ありえない。直美が困ったような嬉しいような表情で、手紙を渡した。岩田君から。どうして俺に見せる……その言葉は呑み込んだ。いや、なかった。事実ではない。実は俺も……いや、そんなことはいわなかった。そして、彼女の温かな柔らかい唇が……ありえない。でも、初めてのキスは前歯がぶつかった。そのとき、俺は彼女の背に回した手に何を持っていた？　違う、違うぞ。手紙など持っていなかった。ありえない。胸のふくらみに手をやった。彼女は弱々しくどけようとした。手紙が邪魔だった。邪魔なもんか。手紙などなかった。嘘だ。虚構だ。じゃ、なぜやめてくれと頼んでいる。聞きたくないからだ。なぜ聞きたくない。岩田を侮辱するからだ。侮辱して死に追いやったからだ。死に？　誰が……。

「君だ」

氷のような声だった。腹話術の人形にも似た無力な星の上に、漆黒の巨大な影がのしかかった。

書斎の扉が閉まると、懐中電灯の光がすっと弱くなった。高原陽子は眠りかけた電池をたたき起こすように気ぜわしく振った。戸崎弘が悔しそうに声をあげた。

「そうか。なんで気がつかなかったんだろう」

陽子は反射的に、この間抜け！　と怒鳴りたくなった。なんで気がつかなかったのよ、まったく。ところで、何のこと？　さっさといいなさい。

「あの、電気のことですよ。N湖の上流に発電所があるって永森がいってたもんだから、てっきりここにも通じてると思い込んでたんだけど、きっとね、この山荘は自家発電なんですよ。六十年も前にホテルとして建てられたわけだから。発電機がどこかにあるはずです。故障したのか、止められたのかわからないけど、とにかく発電機を探して——」

「いま探すの？」

陽子は呆れたように大声を上げた。何を考えてるんだ、このオヤジは。行く手に立ち塞がるこの忌ま忌ましい扉を開けることが、今もっとも重要なのに。

「じゃ、戸崎さん、お願いします。私はここにいるから」陽子は拳で扉を叩き、星を呼んだ。返事はない。繰り返す。

戸崎も直ちに発電機を探そうというつもりはなかったのだが、陽子の態度に引っ込みがつかなくなり暗い廊下を引き返した。途中で振り向くと、陽子はもはや戸崎は眼中になく扉と格闘をつづけている。書斎には星がいるから大丈夫だろうと、慎重に階段を降りた。こういうところの発電機は、当然、水力でも風力でもソーラーでもない。とすれば、一番可能性があるのはボイラー室だ。戸崎はまず、ランタンを取りに戻るため、ホールから居間に向かおうとした。そこでふと立ち止まった。

無人の玄関ホールには、数十年ぶりで迎えた客たちの騒動の余韻と、これから帰ってくるものたちの喧噪の予兆があった。蒼い月によって微光を発しているタイルの上に再現された扉のガラスの優雅な模様は、旧《ふる》い異国の魔方陣のように見えた。魔方陣は床の上を長く伸びて、廊下から居間に続いている。その先で戸崎を招くものがあった。

戸崎は居間の扉を開けた。一瞬、風圧のようなものを感じた。部屋の中央に影が立っていた。ランタンの蝋燭も暖炉の薪《まき》も燃え尽きたらしかったが、窓から差し込む月光で室内は明るい。安楽椅子に高原良一の姿はなかった。

戸崎は影に歩み寄った。


深夜の黴《かび》臭い山荘で、とうとう一人になってしまった高原陽子は、固く閉ざされた扉を叩きつづけた。叩いているうちに、それは重いリズムをもった連打となり、扉の向こうのものが共鳴をはじめた。次第に何かの手応えを感じるようになった。

星を呼んでいたのに、いつしかその名は変わっていた。えっちゃん、えっちゃん、開けてちょうだい。ママよ、そこにいるのね。陽子には扉を隔てて悦子が見えた。ママが、ママが悪かったわ。えっちゃん、ねえ、聞いてちょうだい。ママが悪かったの。えっちゃん、えっちゃん、ここを開けて。陽子は思いもよらない言葉を口走っていた。

すると、開いた。開いたのだ、ひとりでに。歯科医院の待合室と治療室を隔てるドアのように、次はあなたの順番だと扉は宣告した。陽子は、この痛みが癒《いや》せるならどんな罰も受ける覚悟で治療室に入った。

そこは、家具ひとつない寒々とした部屋だった。上部がアーチになった大きなガラス窓から、冴え冴えとした月光が差し込み、板張りの床を窓形に切り取っていた。正面の壁際に子供が立っていた。悦子だ。陽子は駆け寄ろうとしたが、足は前に出ない。悦子は母親を見ても無表情に隣の男の手を握っていた。男は星……ではなかった。夫のいったとおり、永森真也だった。扉が閉まった。

「悦子を、返して」

陽子は永森を睨みつけた。と、なんと悦子はまるで陽子を避けるかのように、永森の陰に半身を隠した。永森はわざとらしく困惑の笑いを浮かべた。

「どうしようかな。悦子ちゃんは嫌がっているみたいだし」

「えっちゃん、こっちにいらっしゃい」

「やだ」

悦子が口をきいた！　陽子は耳を疑った。だが、確かに悦子は口を動かし、声が聞こえた。陽子はその言葉の意味よりもむしろ、悦子が声を出したことに衝撃を受けた。不思議なことに嬉しさより落胆が上回った。悦子が再び声を出すのは、たとえば、夕飯の支度をしている最中に、お手伝いをする悦子がうっかりフライパンを摑んで、あちっ！　といったり、夜更けにトイレにいこうとして、ママ、と揺り起こしたり、とにかく、なにげなく陽子がその第一声を聞ける場面でなくてはならなかった。そして、まあ、えっちゃん、と涙ながらにわが子を抱きしめるはずだった。そんな夢を幾度、見たことか。ところが……。

「えっちゃん、声が出るのね」

「でるよ」

「いつから？」

「ずっとまえから」

陽子は掌で口を押さえつけ、嗚咽《おえつ》を殺した。どうして、どうして……頭のなかで疑問符が空回りした。直視したくない結論がぶら下がっていた。

「陽子さん」永森が宥めるようにいった。「悦子ちゃんがいなくなったのは、何かから逃げ出したからだというあなたの推理は、半分当たっていたようですね。でも、その何かが、ほかならぬあなた自身であったとまでは考えなかった。そこがあなたの敗因です。反省する必要がありますね」

「悦子に何をしたの」

「なんにもしちゃいない。したのは、陽子さん、あなたでしょう」

「悦子を、返して」涙を堪えた声は、しかし明瞭だった。したのは自分かもしれないが、他人にいわれる筋合いはない。親と子の問題だ。

「それは違うな。世の親たる諸君は、子供を利用して、実は己の支配欲を満足させているにすぎない。犬と同じように訓練して、それが愛情だと言い張る。だが、親はあっても子は育つ、と太宰治がいったように」

「偉そうにいわないで。子供をもったこともないくせに」

「経験論できましたか。いいでしょう。具体的事実に基づくのは総括にあたっての基本的な姿勢ですからね。では、悦子ちゃん。君のママは、どんなママかな？」

悦子は疎遠な眼差しを陽子に向けたまま、幼い口振りで語りはじめた。

「いつも、早く早くっていってね、あそんでるときゅうに帰ったりね、ごはんを食べさせてくれなかったり、もらったおかしをかくしたり、うそをついたりね、それでねえ、えつこはびょうきだって、ほんとうは、うちの子じゃないんだって……」

「おやまあ。犬以下だね」

「おなかやいろんなとこに、ポチポチがでるの。かゆくていたいの」

「違うのよ、えっちゃん」

「おともだちみたいに、かわいいかみがたにしたいのに、ダメって」

「違うの」

「プールにも、はいっちゃダメって」

「それもね」

「なんでもダメなの」

「違うのよ！」

ついに大声で制してしまった陽子に、悦子は肩をびくっとさせて、さらに永森の陰に隠れた。「えっちゃん、えっちゃんはアレルギーがあるから……」

「ほらほら。よくないなあ。おうまの親子はなかよしこよし、って歌ってるでしょう」

おどけた口調で永森はいった。けれども陽子は硬い表情を解かない。

「えっちゃん、ごめんね。でも、みんな、えっちゃんのためなの。大きくなれば、きっとわかるよ。ママもつらいの」

「それはどうかな。万能薬の如き親の決まり文句で、物事が解決したためしはない」

「偉そうにいわないでよ。学生の頃のつまらない出来事に、いまだにこだわってこんなことをしてるくせに。解決できないのは自分たちのほうじゃないの」

「つまらない？」

「つまらないで悪ければバカみたい。遊ぶだけ遊んで片付けもできない子どもと同じ。自業自得だわ」

永森は俯いた。喉奥から嘲笑のような呻き声が聞こえてきた。陽子は身構えた。襲いかかるのならそれでもいい。でも、悦子に手を出したらただじゃおかない。だが、永森は静かに面を上げた。それは居間から姿を消したときと同じく、ひどく荒れた顔だった。

「ふん。子育て中の母親ほど野生動物に近いものはないな。自業自得だって？　ふん。

半径一メートルの自由を満喫しているおまえに何がわかる。傍観していたほうが利口だし、傍観していればなんとでもいえる。愚かの一言で片付く。しかし、目的をもつ者には傍観を許されない状況もあるのだ。その渦中で犠牲になった者も、それが誰のせいでもない、自分のせいだというんだな。よかろう。では、そっくりお返しする。子供が口をきかなくなったのは、誰のせいでもない、おまえのせいだ」

陽子はその意味がわかっていた。私は、このためにやって来たのだ。

——夜、車を運転して駅まで夫を迎えに行く途中、小さな動物を轢《ひ》いた。車を停めて確かめた。子猫だった。ぺちゃんこだった。親猫が生き返らない子供を舐めていた。悦子も車から降りてきて、どうしたのと訊いた。親猫が人間を見上げて、ミャアと鳴いた。金色の眼、真っ赤な口。悦子は子猫を覗き込んだ。あわてて悦子の手を引っ張って車に戻り、ハンドルにすがりつくようにして駅に向かった。でも、悦子は、後ろを何度も振り返りながらきいた。ねえ、猫さんひいちゃったの。子供の猫？ なめてたのはおかあさん猫なの？ 死んじゃったのかなあ。死んじゃったよね。車にひかれたら死んじゃうよね。重いもんね。かわいそうにね。ねえ、かわいそうだよね。ねえ……。うるさい！ 黙ってなさい！ と怒鳴ったとたん、何かにハンドルをとられて車はスピンし、あわてて急ブレーキをかけて停まったが、シートベルトを着けさせていなかった悦子は、座席から投げ出され頭を打ちつけた。そして、口をきかなくなった。

だから、悦子に言葉を返すのは自分でなければならなかった。自身の声と引き換えにしても。

「そうなのかい、悦子ちゃん」永森は哀れっぽく眉を寄せた。

「そう。でも、道路にいたのがわるいんだ。道路にいたからひかれたの。だから、ちっともかわいそうじゃないの。わるいのは、おかあさん猫なの」

「えっちゃん」陽子の声はかすれていた。

「ちゃんと信号のあるとこで渡らなきゃいけないの。赤で渡っちゃいけないの。青でもよく見なきゃいけないの。それをしなかった猫はしょうがないの。死んでもしょうがないの。自分のせいなの」

「えっちゃん。そうじゃないでしょ。猫さん、かわいそうだったね」

「かわいそうじゃないいもん。ひかれるのがわるいんだもん」

「えっちゃん、……そうじゃないのよ。わるいのは」

悦子が笑った。金色の眼に真っ赤な口。陽子の目の奥に棘が刺さった。視界が曇った。

道路が見える。悦子が歩いている。急接近したヘッドライトが悦子を照らし、次の瞬間、獰猛な自動車が駆け抜ける。悦子は路上に横たわっている。陽子は声が出ない。

膝に力が入らず歩くこともできない。急停止した自動車からドライバーが降りてきた。動かない悦子を眺めている。もうひとり、子供が降りてきた。ふたりは頷き合い、陽子を見た。それは猫の顔だった。猫は勝ち誇ったように、裂けた口でミャーオと笑った。陽子は叫んだ。叫んだが声にならない。すると、悦子は立ち上がった。悦子を中に手をつないだ三人は、陽子を遠い眼で眺め、そして自動車に乗り込もうとした。どうしたらいいのだろう。どうやったら呼び止められるのだろう。えっちゃん、行っちゃだめ。乗っちゃだめよ。えっちゃん、えっちゃん、ママのいうことをきいて。えっちゃん、いうことをききなさい。えっちゃん、えっちゃん、えっちゃん、えつこ……。

陽子は渾身の力を振り絞って自動車の前に立ちはだかり、両手を広げた。

「悦子！　行っちゃだめ。待ちなさい！　悦子！」

陽子はありったけの声を張り上げた。眼がつぶれ、喉が裂けた。

自動車は陽子にかまわず発進した。陽子にあるのは決意だけだった。決意だけで十分だった。圧倒的な力が陽子を叩きつけた。全身が砕けて死んだ自分が見えた。自動車から悦子が降りてきて、陽子の脇にしゃがんだ。温かい涙が陽子の冷たい額の上に落ちた。泣いている。悦子が陽子のために泣いている。死んだ陽子は、とても幸せな気持ちがした。これでもう大丈夫。よかった。

……映画を楽しんだ観客のように架空の感情を引きずりながら、陽子は幻から醒め

た。目の前には中年の男がひとり、驚いたような顔付きで呆然と立っていた。悦子は

最初からここにはいなかった。でも、いる場所はわかった。陽子は確信した。わが子

を取り戻したと。

永森は、ほとばしり出るものを抑えるように両手をこめかみに押し付けて頭を抱え、

床に書かれた反省文でも読むように低い視線を彷徨《さまよ》わせていた。

「僕は逃げた。逃げて、すぐに地下室に駆け込めばよかったんだ。戸崎が捕まったと。

……でも、大学には戻れなかった。怖かったんだよ。何度も後ろを振り返りながら夢

中で走り回ったあげく、路地の奥の薄暗い喫茶店の隅で、顔を伏せて隠れていた。

テーブルもカップもカチカチ鳴って、飲もうとしたらコーヒーが口に入らない。こぼ

れてしまうんだ。僕は自分にいいきかせていた。戸崎も逃げた。きっと逃げられた。

大丈夫だ。危なかったな。そう笑いあえるはずだ、と」

頭蓋を摑む指先を震わせて、その後の二十年間を数秒の沈黙の内に凝縮した永森は、

ゆっくりと深い息を吐いて力を抜き、蒼白い素顔に戻った。

「僕も終わらせたいんだ。けれども、終わらせる方法がわからなかった。みんな、ど

うやって眠りに就いたんだろう。いったん眠れれば、厭なことは忘れて爽快に目覚め

られる。しかし、眠れなければ、いつまでたっても昨日のままだ。ずっと同じ自分な

んだ。なぜ、なぜ僕だけそうなんだ」

永森は静かにそういうと、窓際に立って銀盤のような月を見上げ、しばらく待った。遠い遠い森の裾から幽かな幽かな衝突音が到達した。永森は窓を滑らかに開けてその召還に応ずる音を受け取ると、安堵の表情を浮かべた。

「だが、やっと転轍することができる。遡って線路を切り換えるんだ」

永森は窓枠に手をかけて、ミッドナイトブルーの美しい空を見渡した。横を向いた顔の輪郭が青く光った。二度、三度深呼吸をすると、片足をかけて軽々と窓台に上り、直立不動の姿勢で中天の月輪に対面した。床に細長い影が横たわった。

ふっ、とその影が消えた。永森の姿はない。陽子は後ずさりしながら部屋を出て、力任せに扉を閉めた。轟音がした。陽子は廊下を走り、階段を駆け降り、ホールから居間に飛び込んだ。

戸崎がひとり居間の中央に佇《たたず》んでいた。

「主人は？」

「ここにはいない」

そんなことは見ればわかると、陽子はその答弁も答弁者も相手にせず、大声で告げた。

「じゃ、伝えて。悦子の居場所がわかったわ」

そういうと、陽子は玄関に走り、靴を履いて外に飛び出した。山荘の前庭は眩《まばゆ》い月明かりに映えていた。道を走った。坂を下った。ワゴン車が見えた。駆けつけてドアを開けた。乗り込んで最後部の座席を捜した。

いた！　前後の座席に挟まれて悦子が、そして有里も。隙間に潜り込んだ姿勢でじっとうずくまっている。シートを倒して呼びかけると、二人は浅い眠りを邪魔されたように体をもぞもぞとさせた。陽子は悦子を抱き上げた。安らぐ温かさだった。心地よい重さだった。

「えっちゃん」

悦子は目を開けた。柔らかな細い腕が陽子の首筋に触れた。小さな息が耳にかかった。

「ママ」

邪魔者を追い払ったR山荘は、快く月光浴を楽しんでいる風だった。すべての窓から差し込む月明かりで、建物の中は親和的な光に満ちていた。

戸崎弘には、向き合っている影が何であるかわかっていた。怖ろしくはなかった。昨夜、再会の輪の中にすでにいたような気がした。戸崎は呼びかけた。

「セイジ」

返事はなかった。高原陽子には見えなかった彼が、ここにいる。戸崎は瞼を閉じた。

そうすると、まさに岩田清二がそこにいた。最後にカレーライスを食ったときのままに、嬉しそうな表情で戸崎を見ている。断ち切れた友情の復活を望んでいる。今度こそ約束を果たすぞ、セイジ。影は頷いた。戸崎に近づき、そして体の中を通り抜けた。その刹那、沈殿し癒着し凝固したものが一掃され、柔らかな瑞々しいものが甦った。目を開けると、周りは未明の蒼さのなかで時を止めていた。

影は居間を出た。戸崎はもはや不自由さのない脚で追った。大勢の若々しい足音と共に進んでいるような、軽やかで力強い歩みだった。

影はホールから廊下へと向かい、さらに進んでいった。暗闇のはずの廊下が仄《ほの》かに明るくなった。片側に窓が並んでいた。窓の外を無数の影が行き交っている。廊下の幅が次第に広くなった。床は石のように硬い。ああ、ここは知っている。影は突き当たりのボイラー室に向かっている。あれはボイラーの音だろうか。いや、違う。何か聞き覚えのある音だ。時を遡ったような、それでいて新鮮な。

影は階段を降りた。戸崎もあとにつづいた。三段しかないはずなのに、長い階段だった。初めてだけれども、初めてではない階段だった。影は、すでに影ではない。確かに岩田清二だった。清二の肩が誇らしげに揺れた。階段を降りて暗い廊下を左に折れた。戸崎は、この先に待ち構えるものに胸が高鳴った。

「ここに連れてきたのか」

戸崎は若い声で問いかけた。岩田は振り向いて笑いながらいった。

「ヒロシ、おまえが望んだんじゃないか」

岩田はその懐かしい扉を勢いよく開けた。戸崎は確かにこれをずっと望んでいたことを悟るのだった。


「紹介する。戸崎君だ」

ドアを開けるなり、岩田清二は大声でいった。地下室にいた者の面が一斉に入口に立つ戸崎弘に向けられた。長身の男が、煙草をブリキの灰皿に揉み消し、右手を差し出した。

「ようこそ、現代思潮研究会へ。君のことは岩田から聞いている。さあ、入ってくれ」

男は戸崎と握手をし、奥へ招いた。奥といっても、倉庫のようなその部屋は、十歩もいかないうちに鉄格子の嵌まった窓のある壁にぶつかってしまう。インクと汗と紙と煙草の匂いがごったになって肺に充ちた。戸崎は、むしろそれを好ましく感じた。

「俺は、星。一応、代表ということになっているが、あくまで対外的に、だ。我々は、内部では一切の上下関係はない。年齢も学年も進入禁止だ。なあ、杉野」

呼びかけられた杉野進は、煙草をくわえたまま、ああ、と笑った。「もっとも、俺は寺山みたいに趣味で留年はしないけどな」

星俊太郎はすぐにまた、煙草に火をつけ、戸崎に席を勧めた。が、大教室から持ち出した机付きの長椅子で造作したテーブルの上は、雑多な物が積まれ、椅子にも空席はない。

「ちょっと、永森。横につめてくれ」

ガリ版の原紙を切っていた永森真也は、ヤスリを静かに持ち上げて移動した。

「この毛布も、いい加減洗ったほうがいいんじゃないか」

鉄筆を握ったまま、見るからに臭そうな毛布をつまんで、永森は電熱器で湯を沸かしている男にいった。間もなく部屋の匂いにインスタントコーヒーの香りが加わるだろう。寺山民生は身振りを交えて答えた。

「これだけ汚れたら、洗っても無駄だな。俺が新しい毛布を持ってくることに異議のあるヤツはいるか」

「さすが、資本家センセイは違うねぇ」

揉み手をして笑いを誘う杉野の向かいに戸崎は座った。メンバーの自己紹介をする態度から、戸崎は歓迎されていることを感じて少し気恥ずかしくなった。

「高原と河本さんは」岩田が訊くと、星は「買い出しに行っている。じき戻るだろう」といって、自分は座らず、テーブルの短辺に手をついて戸崎に語りかけた。

「あとのメンバーにはいずれ会うだろう。岩田からも説明があったと思うが、我々の基本的な考え方を述べておきたい」

「我々の、であって、星の、ではないからな」

杉野は口の端に笑みを浮かべつつそういって、煙草の灰を落とした。星はわかっているというように掌を見せた。

「これが我々の作風でね。一致点と相違点を徹底的に炙《あぶ》り出し、全員で行動を決定する。組織のなかで凄んでみせる革命家もいるが、また、組織の外でのんべんだらりとしている革命家もいる、と書かれた本があったが、我々はそのどちらでもない、非権力的な無名の組織が、論ずるだけでなく、どこまで現実の変革にアンガージュできるかを試みる、そういう集団なんだ。労働組合は民主主義の学校という言葉があるが、実際そうなのかはともかく、大学は試行の場だと考えている。したがって、我々の活動は原則として学内に限定される。学外とも共闘はするが、学外の活動については基本的に各人の自由だ。そのかわり、外の政治は絶対に持ち込まない。これが唯一の規約だ。今の情勢で試行などとは生温いんじゃないか、学内だけではトイレットペーパー闘争に終始するのではないか、という意見もある。だが、あらゆる花が競うように咲き乱れている現在、こんな集団があってもいいだろうというのが、全員の一致点だ」

戸崎は、確かに生温いかもしれないと思いながらも、賛意を込めて頷いた。中学以来の友人である岩田の話では、実践を通じて思想を鍛える主体性を重視したグループという、なんとも息づまるような研究会であった。いきなり世界認識から始まり自己批判へともつれ込む、専門用語を駆使した堅い話を予想していたのだが、これなら自分でもついていけるだろうと胸をなでおろした。なにしろ、岩田は大学に入ってから急速に大人びた。劇的な成長だった。置いてきぼりはなしにしようや、セイジ。戸崎は友と肩を並べたかった。

「戸崎の兄貴はQ大全共闘の議長なんだ」

岩田が得意気に語ると、ほう、と声があがった。寺山がいった。

「あそこはP派だろう」

「兄は兄、僕は僕だから。運動の話はしたことない」

それは事実だった。もう何年、顔を合わせていないだろう。両親は首都の大学を受験することに、口には出さなかったが反対だった。原因は兄であるに違いなかった。兄弟だって考え方は別だよ。両親は首を縦に振らざるを得なかった。

たちまち議論が湧き起こった。世界と共有する言葉、世界を変革する考え方が華々しく飛び交った。寺山の豊富な知識、星の冷静な分析、杉野の機知と情熱。岩田の眼は輝いていた。永森は、想像力、と一言発しながら、ひとりでガリ版に字を刻んでいた。

まさに今、自分の手で切り拓くべき人生が始まったのだ。戸崎の胸のなかで、出発を告げるベルが高らかに鳴り響いていた。

了

■本文中引用

ピエール・デュラン『人間マルクス』大塚幸男訳（岩波書店、一九七一年）
高野悦子『二十歳の原点』（新潮社、一九七一年）
埴谷雄高『永久革命者の悲哀』（『鞭と独楽』収録、未来社、一九五七年）

文庫版あとがき

この物語の背景となったいわゆる「連合赤軍事件」について、あらましを述べます。あれからすでに半世紀がたちました。

一九六〇年代後半、「若者の反乱」が世界を席巻しました。欧米では旧体制に対する異議申し立てやベトナム反戦運動などで社会を揺り動かし（スチューデント・パワー）、中国では紅衛兵が火蓋を切った文化大革命の嵐が吹き荒れます（造反有理）。日本でも、全学連（全日本学生自治会総連合）を中心に、反戦平和、民主主義、社会的平等などの理念に基づき社会を変革しようとする「学生運動」が盛んになりました。

この運動は、一九六七年、時の首相の南ベトナム訪問を阻止しようとする学生とこれを抑えようとする警官隊との衝突の際、山崎博昭という大学生が羽田空港に通じる橋の上で命を落としたことを契機に、全国的に燃え上がっていきました。

のちに定番となる学生のヘルメットは、この羽田闘争で初めて公然と着用されたとされています。それまでデモのたびに、警棒で無防備な頭や顔を殴打されて負傷する学生が続出していたのです。すなわちヘルメットは、まず「防御的武装」として登場したのでした。

『青春の墓標』を残した奥浩平も顔面に怪我を負った一人です。彼は、当時、全学連が取り組んでいた日韓条約反対闘争のさなか、デモ制圧の警官隊により鼻を砕かれ、六五年、傷がいえぬまま自死しました。

羽田闘争後、七〇年安保を控えて警備側は機動隊の増強や装備の拡充を図り、学生側はゲバ棒投石火炎瓶でこれに対抗しますが、当時の秩序感覚からすれば、それも「あり」でした。

六八年、日大東大などの大学闘争の炎が全国に広がると、運動の中心は、「自発性」「直接行動」を旨とする全学共闘会議（全共闘）のスタイルへと移り、最盛期を迎えます。自治会がいわば大学公認の体制内組織であったのに対し、反体制の自主的組織として生まれたのが全共闘でした。大学当局、警察、右翼はもちろん既成左翼も彼らを敵視し、攻撃し、それが逆に大衆的心情的に支持される要因ともなりました。

その日は、御茶ノ水橋の本郷側を機動隊がジュラルミンの大盾を防壁にして陣取り、神田側では色とりどりのヘルメットをかぶった大勢の学生が、例の講堂に向かって進撃しようとしていました。

大小の赤旗が翻る橋詰から、一人の学生がゲバ棒を手に飛び出し、機動隊に突撃しました。学生は並んだ大盾を数回棒で叩いて引き返しましたが、今度は銀灰色の陣地から一人の機動隊員が現れると、警棒を振りかざして学生を追いかけました。学生もそれに気づき、橋の中央で一騎打ちを始めたのです。

私は水道橋方面からそれを見ていて、まるで源平合戦だ、と思ったのを覚えています。「源平」の二人が面目を立てて引き上げるのと同時に、催涙弾と投石合戦となり、目鼻が痛くなって私は退散しましたが。

しかし、こんなつかこうへい的世界も一瞬の光景でした。活動家は次々と逮捕され、内部では主導権争いで消耗し、「炎あげ地に舞い落ちる赤旗にわが青春の落日を見る」（道浦母都子）のごとく、全共闘は瓦解します。

大学が「正常化」された後、舞台に残ったのは、自治会を掌握して勢力の拡大を図ってきた組織＝党派でした。自然発生ではない、強固な組織こそが敵を打ち倒し、世界を変革できるとする思想に基づく革命党派。その究極は、敵はおろか味方の兵士の人格さえ否定して闘争させる軍隊化です。そして、かつてのナロードニキのように爆弾を手作りし、銃を強奪し、あるいは「内ゲバ」で殺し合いをする党派が出現し、さらに多くの学生が運動から離れていきました。

かくして、人々に少なからぬ影響を与えた「学生運動」は、終焉に向かったのです。次の世代に希望の灯火をリレーすることなく。それを象徴する最大の出来事が、「連合赤軍事件」でした。

　合流しようとしている二つの党派がありました。彼らは、栃木県の銃砲店から奪ったライフル銃や散弾銃などを手に、一九七一年の初冬、群馬県の山中に潜みました。街のいたるところに全国指名手配の幹部の顔写真が貼ってありました。もはや捜査網から逃れる場所はほかにありませんでした。

　彼らは谷間に自分たちで伐りだした材木や廃材を使って小屋を建て、「山岳ベース」と称して都市部で活動している両派のメンバーを呼び集めました。そこで頑強な新党「連合赤軍」を結成する目論見でした。

　この時点で、彼らはすでに裏切りのおそれがあるとして二名の同志を殺害していきました。さらに、警察に追われて山から山へと移動しつつ、一二名もの同志の命を奪っていきました。革命戦士になるために自分自身の「総括」を援助する、という倒錯した論理で、メンバーに互いに暴力を行使させ、縛り上げ、極寒の屋外に放置したのです。

「指導部」を名乗る者たちは炬燵で温まりながら。

　犠牲者は、同志が掘った穴に投げ込まれ、埋められました。そして、穴を掘った同志が、次には埋められることになるのでした。その間、異常な事態に恐怖したメンバーは隙をみて、一人また一人と「山岳ベース」から脱走しました。

結局、一九七二年二月、警察の追跡を最後まで逃れた五名が民間会社の保養施設「あさま山荘」に立てこもり、十日間の「銃撃戦」の挙句、突入した機動隊員により一人ずつ山荘から引きずり出され連行されました。五名より先に、山中の洞窟から出てきたところを逮捕された「リーダー」の男は、翌年の元日、拘置所内で自殺しています。

同志らを殺めし小屋に留守居して君はこめかみに銃を当てたりと

「あさま山荘」で逮捕され死刑が確定している坂口弘が詠んだ歌です（『歌集 常しへの道』角川書店、二〇〇七年）。事件当時、ドストエフスキーの『悪霊』との比較が論じられましたが、坂口弘の歌からは『罪と罰』における流刑地のラスコーリニコフが想起されます。日本では死刑囚は獄外との通信は厳しく制限されているため、『歌集』以降の彼の思索の深まりがわからないのが残念です。

どんな事件も半世紀もたつと右に書いたように数十行に収まってしまうのです。歴史の教科書のように。人は、一読してそんなものかと「理解」するでしょう。世代論や社会病理に図式化して安心します。

けれども、そこからは膨大な数の「ひとり」の人間がこぼれ落ちています。さらに半世紀後、「連合赤軍事件」が陳腐な犯罪として忘れ去られるとしても、「ひとり」の人間を砂時計の砂から拾いだしておくことは、意味のある作業だと思います。坂口弘がそれを残してくれることを願います。

この小説を書きはじめたのは、物語の設定と同じソ連崩壊の直後で、一五年後に書籍となり、さらに一五年後に文庫化されたことになります。作者は着々と馬齢を重ね、登場人物たちは変わらず思い惑いつづけています。

その登場人物に多少は興味をもった方に次の曲を、あとがきの口直しにおすすめします。

中島みゆき　『誰のせいでもない雨が』
森田童子　『球根栽培の唄』

筆をおくにあたって、運動との関係の濃淡はあれ、真面目さと純粋さゆえに悩み傷ついていった多くの若者たちに、このささやかな物語を捧げます。

ＴＯＫＹＯオリンピックが強行された年に

黒川甚平

本作品は、二〇〇六年に弊社より刊行された『転轍の森』を改題し、加筆・修正をして文庫化したものです。

本作品は実際の題材や事件を取り入れていますが、フィクションであり、実在する人物・団体などとは一切関係ありません。

文芸社文庫

1972年からの来訪

二〇二一年十二月十五日　初版第一刷発行

著　者　黒川甚平
発行者　瓜谷綱延
発行所　株式会社　文芸社
〒一六〇-〇〇二二
東京都新宿区新宿一-一〇-一
電話　〇三-五三六九-三〇六〇（代表）
〇三-五三六九-二二九九（販売）
印刷所　図書印刷株式会社
装幀者　三村淳

ISBN978-4-286-23211-9